名家笔下的中国老城市丛书

名家笔下的

老昆明

总主编　张祖庆

主　编　潘　萍

副主编　李艳飞　戴佩容

编　委　张扬扬　符　琼　余沁容

朗　诵　柏玉萍

济南出版社

图书在版编目（CIP）数据

名家笔下的老昆明 / 潘萍主编；李艳飞，戴佩容副主编 . —— 济南：济南出版社，2024.4
（名家笔下的中国老城市丛书 / 张祖庆总主编）
ISBN 978-7-5488-6200-0

Ⅰ . ①名… Ⅱ . ①潘… ②李… ③戴… Ⅲ . ①散文集 – 中国 – 当代 Ⅳ . ① I267

中国国家版本馆 CIP 数据核字（2024）第 055432 号

本书部分文字作品稿酬已向中国文字著作权协会提存，敬请相关著作权人联系领取。电话：010-65978917，传真：010-65978926，E-mail：wenzhuxie@126.com。

名家笔下的老昆明
MINGJIA BIXIA DE LAOKUNMING
潘　萍　主编

出 版 人　谢金岭
图书策划　赵志坚　刘春艳
责任编辑　赵志坚　孙亚男　李文文　刘春艳
特约编辑　刘雅琪
封面设计　谭　正
版式设计　刘欢欢
封面绘图　王桃花

出版发行　济南出版社
地　　址　济南市市中区二环南路 1 号（250002）
总 编 室　0531-86131715
印　　刷　济南新先锋彩印有限公司
版　　次　2024 年 4 月第 1 版
印　　次　2024 年 4 月第 1 次印刷
开　　本　170 mm×240 mm　16 开
印　　张　8
字　　数　100 千字
印　　数　1—5000 册
书　　号　ISBN 978-7-5488-6200-0
定　　价　45.00 元

如有印装质量问题　请与出版社出版部联系调换
电话：0531-86131736

序

每座城都是一本书，每本"城书"都有其独特的精神气质。

生于此城，长于此城，你便与城融在一起，成为城的细胞。城的性格脾气就是人的性格脾气。城与人，相依共存。

一座有生命的城，少不了市，故曰"城市"。

城市于人的成长是烙印式的。无论你身在何处，永远不能忘记的是家的味道、城的气息、城的日常。我们怀想它，念叨它，也常会在某个时间点，因见到所居城市的一处景、一个人，甚至一株菜而深情满怀、热泪盈眶。作家池莉在回忆家乡武汉的菜薹时写道："我对菜薹是情有独钟不离不弃到即便它们老了也要养着，花瓶伺候，权当插花……看花时，总不免心生感慨：菜薹噢菜薹，你是我对武汉最深的眷恋。"

每一座历经千百年的城市，都是一条生命涌动的长河，于风云变幻间，留下吉光片羽。

一座古老的城市，值得我们细细品读。从显处读，可以是让游人赏心悦目的湖光山色，也可以是令吃客垂涎欲滴的特色美食。但是，仅读这些还不够，我们还要走进城市深处。风采卓绝的人物要读，深厚的文化底蕴要读，明亮的人文精神要读，这样才能走进一座城市的灵魂。

可是，谁敢说，我们真正读懂了我们所生活的城市？谁又敢说，我们真正触摸到了城市的灵魂？可能，在喧嚣的城市里，孩子还没有静静凝视过家门前那条不知源头的河流，没有留心觉察过城市中不断冒出的楼宇，没有仔细聆听过城市发展的滚滚车轮声。甚至，有这样一种情形——生活在南京的孩子不知道石头城的历史，生活在苏州的孩子没听过评弹，生活

在西安的孩子没了解过秦岭的前世今生……

不得不说，这是生命成长中的小缺憾。

中国有个性、有魅力、有文化的城市何其多也！若是有一套中国城市的读本，以名家的文字为城市代言，纵览历史发展脉络，横看现代文明景观，让青少年读者从书中读城市的古今面貌，用脚步触摸城市的现实温度，那该多好啊！我的倡议得到各地名师的积极响应，大家一拍即合，快速行动。我们希望，经由这套书，每位大小读者从自己所居之城开启城市阅读之旅，了解城的古今，梳理城的脉络，以城为荣，以城为傲。

人是城市的核心因子。人和城市的相处方式有很多种，阅读城市理应成为重要的一种。以中小学生喜闻乐见的方式打开城市阅读之门是我们的编写初心。通过阅读名家优秀的文学作品，让孩子建立对城市的文化印象，让城市发展脉络及精神气质化入孩子的生命成长中。

经多次讨论，我们最终把这套书命名为《名家笔下的中国老城市》，初定二十个老城市，分别为北京、上海、杭州、南京、武汉、西安、济南、青岛、成都、重庆、绍兴、厦门、苏州、福州、徐州、广州、洛阳、开封、镇江、淮安。"老城市"就是有悠久历史、灿烂文明、独特意蕴的城市，老城市都是有故事的城市，读者能从书中感受到厚重的城市文化与个性迥异的时代特质。城市不分大小，大城有大城的宏伟，小城有小城的韵味。

为城市编书代言，我们深知其中的艰辛。一本小书难以概括一座城市的全貌和气质。尽管如此，我们还是愿意倾尽全力。我们组建了一支有深厚的文化学识和城市情怀的编写团队，他们多是在全国有影响力的特级教师、正高级教师、一线名师。有的名师为了在书中呈现更立体多元、经典可读的城市风貌，通读了几百本相关图书，仍觉得不够；有的名师对"老城市"的"老"做了精准的解读，对丛书的助读系统提出丰富的设计框架；有的名师带领他的"学霸"团队，利用节假日，走进博物馆、图书馆，做了大量的文献检索……毫不夸张地说，每个城市的编者都经历了艰苦的"前阅读"。

然而，写城市的文章太多了，选几十篇编入书中，简直是沙里淘金，且一定遗珠多多。选择什么样的文字呢？经过几番讨论，数易方案，渐渐地，编写组达成共识。我们发现，读城有迹可循。编写团队做了这样的梳理：

1. 依循城市纵横交错的线索，确定框架。为打捞丢失在历史尘埃中的城市老时光，我们做了一番细细耙梳、反复筛选的工作，再沿着"纵""横"两条线索将占有的资料以主题单元的方式呈现。"纵"即城市的历史沿革、发展脉络；"横"就是城市当下的多面向文化叙事，包含景观、习俗、人物、美食、童谣等。这样编排，既有历史的纵深感，又有现实的亲切感，丰富博大的城市概貌就有可能浓缩在一本小书中。

2. 充分考虑读者对象，精准定位选文方向。本套丛书的主要读者是中小学生，兼顾其他年龄段读者，所选文章多是可读性、文学性俱佳的名家作品。很多写城市的书只是给大人看的，客观介绍一座城市，文字也不够浅近，孩子难免会觉得枯燥。从这个意义上来说，这是一套定制版的城市文学读本，这一特色让本套丛书有别于其他城市主题的书。

3. 让"行读城市"成为一种新的生活方式。读城市，最终要走到城市中。本套丛书有一个重要的编写思想，那就是跟着编者行读城市。二十个城市读本中，有的将研学作为一个单独章节，有的则将其融合在各个章节中。无论采用哪种形式，小读者们都能从书中读到书外。一本书就是一座城的博物馆"入场券"，儿童（或成人）经由这张"入场券"，走进城市文明深处。

以《名家笔下的老武汉》为例，我们来一睹老武汉的城貌——全书分为八个章节，从《日暮乡关何处是》到《踏破铁鞋无觅处》《忙趁东风放纸鸢》，将江湖武汉、火辣辣的武汉、因爽而快的武汉生动地展现给读者。每一章都有"导读""群文探究"，每一篇都有"读与思"。读一本书，仿佛在与城市对话、与编者交谈，读者可带着憧憬之心、探究之趣在城的古今穿梭，在城的南北畅游。

编者刘敏动情地说："二十年前，我在武汉读大学。如今，我拖儿带

女留在武汉，安居乐业。多少次，我漫步于夜幕中的长江大桥，和灯火一起微醺；多少次，我在汉口江滩，寻觅百年的沉浮……"

不只是武汉，每一座城都值得用心去读。《名家笔下的老西安》编者王林波老师的感言，说出了所有编者的心声："三年多的时间里，我们走街串巷地亲历感受，我们翻阅文献广泛搜集筛选，我们对话作者深度访谈。一切的努力，只是单纯地想为你——亲爱的读者呈现最适合的老城市。"

我们有理由相信，这是一套真正的精华读本。读者站在名师深读的肩膀上鸟瞰城市，深入城市的叶脉、根系，享受读城的步步惊喜，体验读城的无穷乐趣。

亲爱的读者朋友们，《名家笔下的中国老城市》丛书是一座开放的城堡，我们将不断寻觅，让这个城堡的成员更丰富，文化更多元，视野更开阔。我相信，你们的阅读也必然是开放的——读城市的文学、文化、文明，读城市的传说、市井、烟火，读城市的性格、秉性、气质，读城市的人、事、景……自己读，和爸妈、老师一起读，走进城市博物馆，实景考察，深度研学；不仅读"我的城"，还要读"他的城"，因为这都是"我们的城"。

再次翻阅一本本书稿，我心中感奋不已。我仿佛又一次和编者朋友们一道，穿行一座座古城，漫步一条条大街，走进一处处深宅，聆听古老钟声，触摸历史心跳。

人在城中，城在心里；一眼千秋，千秋一卷；一卷一城，读行无疆。

于杭州·谷里书院

那山那水那座城，偷得浮生半日闲

我一直在想：用什么样的词语才能描述我眼中的老昆明呢？宁静、淡泊、鲜活，都是，又不全是。老昆明是一方多元文化浸润的厚土，在世俗生活的烟火气里，暗藏着精神世界的无尽表达。

那些远处的山山水水，那些散落在市井阡陌里的回忆，那些书生意气、挥斥方遒的烽火岁月，那些渐行渐远的民风民俗，那些忽近忽远的熟悉乡音，就这样在名家的笔下徐徐流淌。记人事，谈风景，说文化，述掌故。在他们的笔下，山的伟岸、水的柔情、花的芳香，皆为情怀，都成文字。这些文字让我对昆明充满了深深的敬意。这些敬意来源于穿越时光的兼收并蓄，来源于老昆明人民的热情包容，来源于昆明山水蕴藏的恢宏壮美，还来源于深藏着某种特殊感触的昆明小吃的香味。这些充满烟火气的文字背后是老昆明的符号和标志。那些字里行间随时跳到眼前的乡谚俗语、童谣儿歌，让那些看上去平淡无味的日子，变得温暖、满足、有滋有味，亦让时光流转、岁月留香。这样的老昆明有风的轻柔、花的芬芳、云的飘逸、阳光的温暖，处处透着简单快乐，饱满丰盈处更是不忘留白。那些深藏在文字里的深情就是老昆明的灵魂，也是生命的力量、历史的厚度、时代的印迹，经年流转，却依旧生机勃勃。

　　若想记录一座城的美，你会用怎样的方式？就让我们跟随《名家笔下的老昆明》出发，偷得浮生半日闲，一起去唤醒温情的记忆。全书共九章。第一章初步感受昆明的印象：昆明的花别致，昆明的云有趣，昆明的春景长存，昆明的人情温柔。第二章一起流连巷陌山水间，感受悠远宁静中的烟火气息。第三章走近在烽火中诞生的传奇大学——西南联大，体会刚毅坚卓的联大师生的家国情怀。第四章感受热情的、充满智慧的年俗、火把节、赶街、瓦猫等民俗风情。第五章欣赏昆明十里一乡风，品味滇味文化的美食。第六章品味茶碗里盛着的充满烟火气的人生。第七章一起徜徉在昆明种类纷繁、色泽艳丽、花香四溢的花海。第八章感受老昆明的琴曲诗画等多元文化的厚土。第九章聆听歌谣声声传滇韵。春日的昆明日益葱茏，我就在这样一个个安静的夜里回味着《名家笔下的老昆明》。对于老昆明的情怀应该像窗外的蔷薇一样肆意怒放，可以歌，可以泣，可以尽情表达。

　　让我们相聚在老昆明的茶馆里。一壶茶由浓喝至淡，由淡变成白水。在茶气氤氲中，用伴着清风的乡音，我们一起聊着亦浓烈、亦清雅、亦真挚的诗篇……

目录 MULU

第一章　初见，春城无处不飞花

四季看花花不老，一江春月是昆明。

若想记录一座城的美，你会用怎样的方式？在老舍、沈从文、宗璞等人的笔下，昆明的花别致，昆明的云有趣，昆明的人温柔。老昆明常开不败的花木、山水雨云的诗意，都让人留恋。从这座城的初始印象开始，让我们遇见"春城"。

◎扫码立领
★ 名师朗读
★ 美文微课
★ 城市印象
★ 老城记忆

绘图：张小木（昆明市盘龙小学）

滇行短记（节选）

©老　舍

　　昆明的街名，多半美雅。金马碧鸡等用不着说了，就是靛花巷附近的玉龙堆、先生坡，也都令人欣喜。

　　靛花巷的附近还有翠湖，湖没有北平的三海那么大，那么富丽，可是据我看，比什刹海要好一些。湖中有荷蒲，岸上有竹树，颇清秀。最有特色的是猪耳菌，成片地开着花。此花叶厚，略似猪耳。在北平，我们管它叫凤眼兰，状其花也。花瓣上有黑点，像眼珠；叶翠绿，厚而有光。花则粉中带蓝，无论在日光下，还是在月光下，都明洁秀美。

　　云南大学与中法大学都在靛花巷左右，所以湖上总有不少青年男女，或读书，或散步，或划船。昆明很静，这里最静；月

老　舍

明之夕，到此，谁仿佛都不愿出声。

昆明的建筑最似北平，虽然楼房比北平多，可是墙壁的坚厚，橡柱的雕饰，都似"京派"。

花木则远胜北平。北平讲究种花，但夏天日光

青云街老房子

过烈，冬天风雪极寒，不易把花养好。昆明终年如春，即使不精心培植，还是到处有花。北平多树，但日久不雨，则叶色如灰，令人不快。昆明的树多且绿，而且树上时有松鼠跳动！入眼浓绿，使人心静，我时时立在楼上远望，老觉得昆明静秀可喜。其实呢，街上的车马并不比别处少。

至于山水，北平也得有愧色，这里四面是山，滇池五百里——北平的昆明湖才多么一点点呀！山土是红的，草木深绿，绿色盖不住的地方露出几块红来，显出一些什么深厚的力量，教昆明城外到处使人感到一种有力的静美。

四面是山，围着平坝子，从高处看稻田万顷。海田之间，相当宽的河堤有许多道，都有几十里长，满种着树木。万顷稻，中间画着深绿的线。虽然没有怎样了不起的特色，可也不知是怎的，总看着像画图。

⋯⋯⋯⋯⋯

研究所在一个小坡上——村人管它叫"山"。在山上远望，可以看见蟠龙江（盘龙江）。快到江外的山坡，有一片松林，旁边就是黑龙潭。晚上，山坡下的村子都横着一些轻雾。驴马带着

铜铃，顺着绿堤，由城内回乡。

…………

云南的松柏结的果子都特别大。松塔大如菠萝，柏实大如枣。松子几乎代替了瓜子。闲着没事的时候，大家总是买些松子吃着玩。整船的空的松塔运到城中，大概是作燃料用，可是凤鸣山的青松并没有松塔。这也许是另一种树吧，我叫不上名字来。

读与思

1941 年 8 月，老舍在罗常培的陪同下到昆明讲学和养病，写出了系列散文《滇行短记》。

老舍用浓烈的抒情笔触，赞美昆明的美景。我们透过老舍笔下的文字，一同进入昆明，在靛花巷喝茶听曲，去翠湖享受"最静"的时光，用心体会昆明城"有力的静美"。

昆明冬景（节选）

◎沈从文

新居移上了高处，名叫北门坡，从小晒台上可望见北门门楼上用虞世南体写的"望京楼"的匾额。上面常有武装同志向下望，过路人马多，可减去不少寂寞。住屋前面是个大敞坪，敞坪一角有杂树。尤加利树瘦而长，翠色带银的叶子，在微风中摇荡，如一面面丝绸旗帜，被某种力量裹成一束，想展开，却在无形中受着某种束缚，无从展开。一拍手，就常常可见圆头长尾的松鼠，在

沈从文

树枝间惊窜跳跃。这些小生物把本身当成一个球，在空中抛来抛去，俨然在这种抛掷中，能够得到一种生命自足的乐趣，一种从行为中证实生命存在的欢欣。这些小松鼠间或稍微休息一下，四处顾望，看看它们这种行为能不能够引起其他生物的注意。或许会发现，原来一切生物都各有它的"心事"。那个站在晒台上拍手的人，眼光已离开尤加利树，向天空凝眸了。天空一片明蓝，别无他物。这也就是生物中之一种——"人"，多数人中的一种人。目前，对于生命存在的意义，他的想象或情感，正在不可见的一种树枝间攀缘跳跃，同样略带一点惊惶、一点不安，在时间上转移，由彼到此，始终不息。他是三月前由沅陵独自坐了二十四天的公

路汽车，来到昆明的。

敞坪中妇人孩子虽多，对这件事却似乎都把它看得十分平常，从不曾有谁将头抬起来看看。昆明到处是松鼠。许多人对于这小生物的知识，不过是把它捉来卖给"上海人"，值"中央票子"两毛钱到一块钱罢了。站在晒台上的那个人，正是被本地人称为"上海人"，花用中央票子，来昆明租房子住家工作、过日子的。住到这里来近于凑巧，因为凑巧反而不会令人觉得稀奇了。妇人多受雇于附近一个小织袜厂，终日在敞坪中摇纺车纺棉纱。孩子们无所事事，便在敞坪中追逐吵闹，捡拾碎瓦、小石子打狗玩。敞坪四面都是路，时常有无家狗在树林中垃圾堆边寻东觅西。无家狗的鼻子贴地各处闻嗅，一见孩子们蹲下，知道情形不妙，就极敏捷地向坪角一端逃跑。有时只露出一个头来，两眼很温和地对孩子们看着，意思像是说："你玩你的，我玩我的，不成吗？"有时也成。那就是一个卖牛羊肉的人，扛了个木架子，带着官秤、方形的斧头、雪亮的牛耳尖刀，来到敞坪中，搁下架子找寻主顾时。妇女们多放下工作，来到肉架边讨价还价。孩子们的兴趣转移了方向，几只野狗便公然到敞坪中来。那几只野狗先是坐在敞坪一角便于逃跑的地方，远远地看热闹。其次是在一种试探形式中，慢慢地走到人群中来。直到得意忘形地挨近了肉架边，被那屠户（扬起长把手斧）大吼一声"畜生，走开！"，方肯略略走开。几只野狗站在人圈子外边，用一种非常诚恳、非常热情的态度，略微偏着颈，欣赏着肉架上的前腿后腿、那条带毛小羊尾巴和搭在架旁的那些花油。它在等待，无望无助地等待。照例妇人们在集群中向屠户连嚷带笑，加上各种"神明在上，报应分明"的誓语，好歹做成了交易。过了秤，数了钱，得钱的走路，得肉的进屋里去，把肉挂在悬空钩子上。孩子们也随同进到屋里去时，这些狗方趁空走近，把鼻子贴在先前搁肉架的地面闻嗅闻嗅，或得到点骨肉碎渣，一口咬住，就忙匆匆向敞坪空处跑去，或向尤加利树下跑去。树上正有松鼠剥果子吃，果子掉落地上。"上海人"走过来拾起嗅嗅，果子有"万金油"气味，微辛而芳馥。

早上六点钟，阳光在尤加利树高处枝叶间敷上一层银灰光泽。空气寒冷而清爽。敞坪中很静，无一个人，无一只狗。

几个竹制纺车瘦骨伶仃的，被搁在一间小板屋旁边。站在晒台上望着这些简陋古老的工具，感觉"生命"形式的多样。敞坪中虽空空的，却有些声音仿佛从敞坪中传来，在他耳边响着。

…………

"美"字笔画并不多，可是似乎很不容易认识。"爱"字虽人人认识，可是真懂得它的意义的人却很少。

读与思

　　沈从文先生在昆明工作、生活了八年多。《昆明冬景》并不只写昆明冬天的景色。昆明的冬天没有雪，没有冷风，只有窗外可见敞坪中的树、松鼠、小孩儿、野狗。看似不知所云，我们却从中看到了抗战时期昆明的冬天所特有的片刻温暖安逸的景致……

东藏记（节选）

◎宗　璞

　　昆明的天，非常非常蓝。

　　这是一种不可名状的蓝，只要有一小块这样的颜色，就足以令人赞叹不已。而天空是无边无际的，好像九天之外，也是这样蓝着。蓝

宗璞和父亲冯友兰

得丰富，蓝得慷慨，蓝得澄澈而光亮，蓝得让人每抬头看一眼，都要惊呼：哦！有这样蓝的天！

　　蓝天上聚散着白云，云的形状变化多端。聚得厚重时如羊脂玉，边缘似刀切斧砍般分明；散开去就轻淡如纱，显得很飘然。阳光透过云朵，衬得天空格外蓝，阳光格外灿烂。

　　用一朵朵来作数量词，对昆明的云是再恰当不过了。在郊外开阔处，大朵的云环绕天边，如一朵朵巨大的花苞、一个个欲升未升的氢气球。不久化作大片纱幔，把天和地连在一起。天空中的云变化更是奇妙。这一处如山峰，层峦叠嶂，厚薄相接处似有溪流落下；那一处如树丛，老干傍着新枝。这一朵如花盆中鲜花怒放；那一朵如小船，正待扬帆起航。它们聚散无定，以小朵姿态出现时总是疏密有致、潇洒自如；以大朵姿态出现时则如堆棉，如积雪，很有气势。有时云不成朵，扯薄了，撕碎了，如同一幅抽象画。有时又几乎如木如石，建造起几座七宝楼台，转眼便又坍塌了。至于如羊如狗，如衣如巾，变化多端，乃是常事。云的变化，随天地而存；苍狗之叹，也随人而长在。

　　奇妙蓝天下面的云南高原，位于云贵高原的西部，海拔两千米左右。高原面上有大大小小的坝子一千多个。这种坝子四周环山，中部低平，土层厚，水源好，适合居住。昆明坝可谓众坝之首。昆明市从元代开始便成为云南首府。在美丽的自然环境中，出了些文武人才。一九三八年一批俊彦之士陆续来到昆明，和云南人一起度过了一段艰难而又振奋的日子。

　　…………

昆明的云

9

那时的昆明大大小小的街都是石板铺成的。大街铺得整齐些，小街铺得随便些。祠堂街是一条中等街道，往南可达市中心繁华地区，那里饭庄酒肆齐全。往北便是城门了，街上有好几家米线小店。碧初等选择了靠一个坡口的店。坡很陡，下去不远就是翠湖。大家称这店为陡坡米线，坐在其中，往坡下望去，有一种倾斜之感。

读与思

抗战爆发时，宗璞随父亲冯友兰赴昆明，在西南联大附属中学就读。她伴随着西南联大的历史成长，昆明也深深地印在她的记忆中。她喜欢的不仅是昆明的云，还有那块曾经无比熟悉的红土地以及那块红土地上的昆明人。趁着天晴，出门去看看云吧，为自己记忆中的蓝天添几朵流动变幻的白云吧！

群文探究

1. 老昆明位于云的国度——云南，以四季宜人的天气为人熟知。许多名家都留下了赞美昆明的篇章。老舍笔下的花木、沈从文笔下的冬景和宗璞笔下的云都真挚地吟咏着老昆明得天独厚的美景。"春城"的"春"字就在笔墨间晕染开。试一试将《滇行短记》《昆明冬景》《东藏记》联读，勾画昆明的花木、冬景和云的特征，品味与想象"春城"之美。

2. 读完本组文章，你一定对"昆明"有了一个初始印象。一直以来，昆明都是家喻户晓的"春城"。我们赞美它天高云淡、四季如春，向往它繁花似锦、闲适散淡……昆明，一座被阳光雕刻的城市，似一方田园牧歌的栖所。

你的家乡有什么别称吗？这个别称又有什么特别的意义呢？试着和老师或同学们探讨一下吧。

3. 著名儿童文学作家冰心在《忆昆明——寄春城的小读者》中写道："四十年前，我在昆明住过两个春秋。对这座四季如春的城市，我的回忆永远是绚烂芬芳的！这里：天是蔚蓝的，山是碧青的，湖是湛绿的，花是绯红的。空气里永远充满着活跃的青春气息。"

在冰心眼中，昆明是唯美的，有着无与伦比的蓝天和四季不败的花儿。这段记忆是不可复制的，这样的情感也是独一无二的。所以，冰心对春城的小朋友们给予了深深的期盼："今日，我遥望南天，祝愿住在祖国春城的小朋友们，不辜负你们周围灵秀的湖山，给予你们的美感和熏陶。努力把自己培育成为一个德、智、体、美四育兼优的少年，准备把我们的祖国建设得更伟大而美好。"是啊，天高海阔万里长，昆明少年意气扬！我们的祖国一定会在所有人的努力之下更加繁荣昌盛！

请你把冰心的《忆昆明——寄春城的小读者》与老舍的《滇行短记》、沈从文的《昆明冬景》、宗璞的《东藏记（节选）》比较一下，看看它们有什么相同之处和不同之处。

第二章　共色，流连巷陌山水间

翠湖堤畔柳凝绿，江南芳草仍焦枯。

　　老昆明的山光水色与众不同，秀美的翠湖和灵峻的西山，共同孕育着昆明城既温文典雅又洒脱不羁的气质。老昆明有充满生活气息的文林街、有风光旖旎的翠湖、有人文气质浓厚的大观楼……走进老昆明，看看山水里的砖瓦街巷，感受悠远宁静中的烟火气息。

扫码立领

★ 名师朗读
★ 美文微课
★ 城市印象
★ 老城记忆

翠湖心影（节选）

◎汪曾祺

　　昆明和翠湖是分不开的。很多城市都有湖：杭州有西湖，济南有大明湖，扬州有瘦西湖。然而这些湖和城市的关系都还不是那样密切。似乎把这些湖挪开，城市也还是那座城市。翠湖可不能挪开。没有翠湖，昆明就不称为昆明了。翠湖在城里，而且几乎就挨着市中心。城中有湖，这在中国，在世界上，都是不多的。说某某湖是某某城的眼睛，这是一个俗得不能再俗的比喻了。然而说到翠湖，这个比喻还是躲不开。只能说，翠湖是昆明的眼睛。有什么办法呢？因为它非常贴切。

　　翠湖是一片湖，同时也是一条路。城中有湖，却并不妨碍交通。翠湖之中，有一条很整齐的贯通南北的大路。从文林街、先生坡、府甬道，到华山南路、正义路，这是一条直达的捷径——否则就要走翠湖东路或翠湖西路，那就绕远多了。昆明人特意来游翠湖的也有，但不多。多数人只是从这里穿过。翠湖中游人少而行人多。但是行人到了翠湖，也就成了游人了。他们从喧嚣扰攘的闹市和刻板枯燥的机关里，匆匆忙忙地走过来，一进了翠湖，即刻就会觉得浑身轻松下来；生活的重压、柴米油盐、委屈烦恼，就会冲淡一些。人们不知不觉地放慢了脚步，甚至可以停下来，在路边的石凳上坐一坐，抽一支烟，看看四边。即使仍在匆忙地赶路，人在湖光树影中，精神也很不一样了。翠湖每天给了昆明人多少浮世的安慰和精神的疗养啊！因此，昆明人——包括外来的游子，

昆明大观公园大观楼

对翠湖充满感激。

翠湖这个名字起得好！湖不大，也不小，正合适。小了，不够一游；太大了，游起来怪累。湖的周围和湖中都有堤。堤边密密地栽着树。树都很高大。主要是垂柳。"秋尽江南草未凋"，昆明的树好像到了冬天也还是绿的。尤其是雨季，翠湖的柳树真是绿得好像要滴下来。……湖水、柳树、水浮莲、红鱼，共同组成一个印象：翠。

一九三九年的夏天，我到昆明来考大学，寄住在青莲街的同济中学的宿舍里，几乎每天都要到翠湖。学校已经发了榜，还没有开学。我们除了骑马到黑龙潭、金殿，坐船到大观楼，就是到翠湖图书馆去看书。这是我这一生去过次数最多的一个图书馆，也是印象极佳的一个图书馆。图书馆不大，形制有一点像道观，非常安静整洁。有一个侧院，院里种了好多盆白茶花。这些白茶花有时整天没有一个人来看它，只是安安静静地欣然地开着。

…………

路东伸进湖水，有一个半岛。半岛上有一个两层的楼阁。阁

上是个茶馆。茶馆的地势很好，四面有窗，入目都是湖水。夏天，在阁子上喝茶，很凉快。这家茶馆，夏天，是到了晚上还卖茶的（昆明的茶馆都是这样，收市很晚）。我们有时会一直坐到十点多钟。茶馆卖盖碗茶，还卖炒葵花子、南瓜子、花生米，都装在一个个白铁敲成的方碟子里。昆明的茶馆计账的方法有点特别：瓜子、花生，都是一个价钱，按碟算。喝完了茶，"收茶钱！"堂倌走过来，数一数碟子，就报出个钱数。我们的同学有时临窗饮茶，磕完一碟瓜子，随手把铁皮碟往外一扔，"Pia——"，碟子就落进了水里。堂倌算账，还是照碟算。这些堂倌们晚上清点时，自然会发现碟子少了，并且也一定会知道这些碟子上哪里去了。但是从来没有一次收茶钱时因此和顾客吵起来过；并且在提着大铜壶用"凤凰三点头"手法为客人续水时也从不拿眼睛"贼"着客人。把瓜子碟扔进水里，自然是不大道德，不过堂倌不那么斤斤计较的风度却是很可佩服的。

除了到翠湖图书馆看书、喝茶，我们更多的时候是到翠湖去"穷遛"。这"穷遛"有两层意思：一是不名一钱地遛，一是无穷无尽地遛。"园日涉以成趣"，我们遛翠湖没有够的时候。尤其是到了晚上，我们踏着斑驳的月光树影，可以在湖里一遛遛好几圈。一面走，一面海阔天空，高谈阔论。我们那时都是二十岁上下的人，似乎有很多话要说。我们都说了些什么呢？我现在一句都记不得了！

我是一九四六年离开昆明的。一别翠湖，已经三十八年了，时间过得真快！

我是很想念翠湖的。

读与思

　　"翠湖是昆明的眼睛。"昆明城离开翠湖也就不是昆明城了，可见翠湖在昆明城的重要地位。一座城市与一个湖泊的联系，不仅与地理位置有关，还与日常生活、交通出行有关。翠湖就是连接昆明几条重要街道的纽带，是昆明人从繁忙的日常生活中超脱出来的好去处。

　　阅读《翠湖心影》，感受"翠湖"名称的妙处。

　　结合文章想一想，在汪曾祺先生的笔下，翠湖的"翠"是由哪些物象组成的？

山　色

◎李广田

"山色朝暮之变，无如春深秋晚。"

当我翻开一本新书，坐在窗前遥望西山景色的时候，想起了小时候读过的这句话。

可是，这是冬天。

在这个四季如春的地方，冬天看山，却是另一番可爱的景色。教书先生总喜欢到处批批点点。记起从前，我一个人住在泰山下边的一所学校里，仰望泰山高处，颇想举起手中的朱笔，向南天门轻轻点去。此刻，我也想挥毫书空，给昆明的西山批上两个字的评语：明净。没有到过昆明的人，总以为这地方四季皆好。在这里住久了的人，却以为昆明冬天最美。昆明冬天无风无雨，天空最高最蓝，花色最多最妍。滇池五百里，水净沙明，山上无云霭，数峰青碧。说西山如睡美人，也只有这时候最像。偶然一抹微云，恰如一袭轻纱，掩映住它的梦魂；或者如一顶白羽冠冕，罩住它那拖在天边的柔发，只是更显出山色的妩媚罢了。

一片阴影掠过我的眼前，记忆把我拉回到十几年前的一个黄昏。那是最黑暗的时代。冬天，刮着冷风，自朝至暮，黑云压城。到了日暮时刻，竟然飘起大片大片的雪花来了。我夹在仓仓皇皇的行人中间，默默地在大街上行走。"真冷啊！"行人中不时有人发出这样的惊呼。是的，真是冷得厉害。在这个"四季无寒暑"的城池里，大概谁也不曾料到会有这样的坏天气。而我自己，简直感到连灵魂深处都已结了层冰。想起那个反动特务所装扮的黑衣女妖，她在翠湖的林荫路上对人作种种预言，像个乌鸦在天空中散布凶信，她偶做人家座上的不速之客，说这个城市将淹没在人们的血泊中。是的，这里曾多少次流过人民的鲜血。"我那鲜红的生命，渐渐染了脚下的枯草！"①那个写过这样诗句的诗人，也终于把他的最后一滴血洒在这片土地上！②……我一面想着，蓦然抬头，那座平时并未引起我特别注目的西山，此刻却使我延伫良久。暮色苍茫，自远而至，山的轮廓模糊不清，仿佛它在这飞雪的寒天里也瑟缩不堪了。"真冷啊！"又是谁在风声中这样传呼？不是别的，正是它，是西山，它在向人家求救。我分明听见它用战栗的声音对我呼救："请给我一顶帽子，遮遮我的头吧。你看我的头发已经完全脱落了！"我知道这是怎么回事，遇到这样的坏天气，一个人光头露脑地站在荒野里，哪能不感到砭人肌骨的寒冷！"三旬九遇食"，未免夸张；"十年著一冠"，却是事实。此身一无长物，连我仅有的一顶旧毡帽也不知丢到哪里去了。"请给我一顶帽子吧！"我又听到西山在风声中这样呼救。平时，总感到西山离城市相当遥远；此刻，觉得它是那么接近。我仿佛看见它在慢慢移动。它大概想把它那老态龙钟的身体移到城里来，它希望到城里来吸取一点暖气，它听到这里有人的声音，它看到黄昏中这里有灯火荧荧。我想告诉它：你不必徒劳，你连那个古老的城门也进不得，更何况那些高大明亮的玻璃门窗，那些雕梁画栋的宫殿、禁地。"寒山一带伤心碧！"它到底无可奈何，它大概已经冻僵了，已经冻死在滇池边上了。

　　现在，坐在窗前，看着这一幅明净的山水画，想起过去这些遭遇，确实感到奇怪。我自己问自己："难道这是真的吗？"大

概不是真的，也许只是一个梦。可是梦，岂不也是真的？

　　日光从楼角转过去。西山的轮廓显得更清楚了，它好像是画在那里的，又好像是贴在那里的。蓝蓝的天空，一点云影也没有，整个世界都安静。可是就在这静中，我感到一切都欣欣向荣，鼓舞前进。明天一定又是好天气，早上起来第一眼就可以看见山脚下海水边那一片"赤壁"，在晨光熹微中，照得云蒸霞蔚，真是"赤日石林气，青天江海流"，整个一座山都会活起来的。就是此刻，就像我第一次认识它似的，我感到它每一块石头都是有生命的。滇池水在它的脚下，画出了一匹银线，"远水非无浪"，我只是听不见拍岸的水声，却想象，西山已经被滇池浮起来了，它仿佛一只船，正在岸边上挽着。睡美人，我看见你的嘴唇轻轻翕动，你的胸部微微起伏，我已经听到你的呼吸。你大概正要说话，说出你过去的噩梦和你醒来后看到的一切。正如那个"听石头的

西山

人"——古代艺术家，从一块石头中所曾听到过的；我也听到一个苏醒的生命从石头深处发出声音说："我在这里，和大地一同复苏，一同前进。"

西山，你现在大概不会再要求到城里来了吧？社会主义的新城市，已经延伸到你的身边。你已经是这个城市的不可分离的一部分，你使这个美丽的城市显得更美丽了。

我的视线重又落到我翻开的书页上，上边写的是"对立的统一""从量变到质变"。不错，山与水，高与深，静与动，形成一幅完整的山水画，正是对立的统一，从过去到现在，从阴冷的昨天到阳光灿烂的今天，是由量变到质变。

注释

①此两句诗语出闻一多的诗歌《我还是一个流囚》。

②此语指民主战士闻一多于 1946 年 7 月 15 日在昆明被国民党特务暗杀一事。

读与思

翠湖是昆明的眼睛，西山是昆明的脊梁。山与水，高与深，静与动，形成一幅完整的山水画，正是对立的统一。昆明的自然美非但不单薄，甚至蕴涵深刻的哲理。在李广田先生的笔下，西山是妩媚的睡美人，朝暮之间多番变化，神奇绚丽！西山用自己蓬勃的生命力，和大地一同复苏，一同前进……

西山与滇池

◎老 舍

　　我在昆明两个月，多半住在乡下，简直没有看见什么。城内与郊外的名胜几乎没有看到。战时，古寺名山多被占用；我不便为看山访古而去托人情，连最有名的西山，我也没能去看看。在城内靛花巷住着的时候，每天我必倚着楼窗远望西山，想象着由山上看滇池，应当是怎样的美丽。山上时有云气往来，昆明人说："有雨无雨看西山。"山峰被云遮住，有雨，峰还外露，虽别处有云，也不至有多大的雨。此语，相当灵验。西山，只当了我的阴晴表，真面目如何，恐怕这一生也不会知道了；哪那么容易再得到游昆明的机会呢！

　　我到城外中法大学去讲演了一次，本来可以顺脚去看筇竹寺的五百罗汉塑像。可是，据说也不能随便进去，况且，又落了雨。

　　连城内的圆通公园也只可游览一半，不过，这一半确乎值得一看。建筑的大方，或较北平的中山公园还好一些；至于石树的幽美，则远胜之，因为中山公园太"平"了。

　　同查阜西先生逛了一次大观楼。楼在城外湖边，建筑无可观，可是水很美。出城，坐小木船。在稻田中间留出来的水道上慢慢地走。稻穗黄，芦花已白，田坝旁边偶尔还有几穗凤眼兰。远处，万顷碧波，缓动着风帆。

　　大观楼在公园内，但美的地方却不在园内，而在园外。园外是滇池，一望无际。湖的气魄，比西湖与颐和园的昆明湖都大得多。

滇池

在城市附近，有这么一片水，真使人狂喜。湖上可以划船，还有鲜鱼吃。我们没有划船，也没有吃鱼，只在湖边坐了一会儿看水。天上有白云，远处有青山，眼前有一湖秋水，使人连诗也懒得作了。作诗要去思索，可是美景把人心融化在山水风花里，像感觉到一点什么，又好像茫然无所知，恐怕坐湖边的时候就有这种欣悦吧！在此际还要寻词觅字去作诗，也许稍微笨了一点。

（本文节选自《滇行短记》，篇名为编者所加）

 读与思

　　老舍对昆明具有深厚的感情，他赞美大观楼前稻谷飘香，滇池如诗如画……在这山水之间，人的心境也渐渐融入那青山、白云、袅袅轻烟之中了。

群文探究

1. 昆明民俗史研究专家詹霖老师曾用昆明带数字的地名、街道写过一首诗：

一丘田里下期狂，二蠹（dào）街上打铜忙，

三市街有共和春，四吉堆前菜市场，

五里多旁祭先贤，六合村边素酒香，

七步场有臭豆腐，八大河水清汪汪，

九成里外吃讲茶，十里铺拜金马山。

你能看出这首诗写了昆明哪些街道、地名吗？你所生活的城市有带数字的街道、地名吗？在闲暇时间，和家人朋友去走一走、看一看，以脚为尺，去丈量脚下的土地。

2. 《翠湖心影》《山色》《西山与滇池》这三篇文章将昆明的山水融于生活场景、诗意情趣和哲学思考之中，展示出烟火与山水相辅相成的老昆明。联读这三篇文章，将自身置于作者营造的昆明美景之中，体味老昆明山水的素雅与人文的趣味。

第三章　青衫，家国情怀诉衷肠

悲壮而辉煌，刚毅而坚卓。

　　"恰同学少年，风华正茂，书生意气，挥斥方遒。"西南联大是一所在烽火中诞生的传奇大学，也是一座兼容并包的学术圣殿。一群刚毅坚卓的联大师生，在这里度过了一段值得铭记的风华岁月。每个人的心中都有一个独一无二的西南联大，后人回望，弦诵不绝。

〇⊡ 扫码立领
★ 名师朗读
★ 美文微课
★ 城市印象
★ 老城记忆

满江红
——西南联大校歌

◎罗　庸　冯友兰

　　万里长征，辞却了五朝宫阙①，暂驻足衡山湘水②，又成离别。绝徼③移栽桢干④质，九州⑤遍洒黎元⑥血。尽笳吹⑦，弦诵⑧在山城⑨，情弥切⑩。

　　千秋耻，终当雪。中兴业，须人杰。便一成三户⑪，壮怀难折⑫。多难殷忧新国运⑬，动心忍性希前哲⑭。待驱除仇寇复神京⑮，还燕碣⑯。

注释

①五朝宫阙：指北京。辽、金、元、明、清五个朝代都以北京为都城，辽代称上京，金代称中都，明、清两代都称北京。宫阙，在古代帝王居住的宫殿。阙，宫门两边的望楼。

②衡山湘水：衡山即南岳，湘水指长沙，都是长沙的临时大学所在地。

③绝徼：指遥远的边疆云南。绝，远。徼，边界，边陲。

④桢干：古时筑墙所用的木板和立柱，比喻具有真才实学、能胜重任的人。桢，坚硬的木头。干，树干。

⑤九州：泛指中国。《尚书·禹贡》称冀、兖、青、徐、扬、荆、豫、梁、雍为九州。

⑥黎元：黎明百姓。黎，众多的。元，人类。

⑦笳吹：泛指音乐活动或文化生活。笳，即胡笳，古代塞北和西域流行的管乐器。

⑧弦诵：古代学校里用弦乐器和歌唱配合学生朗诵诗词，泛指学校的教学活动。

⑨山城：当时指昆明。

⑩情弥切：报国之情更加迫切。

⑪便一成三户：即使只剩几里土地、几户人家。成，古时称方十里之地为一成。三户，犹言只有几户人家。

⑫壮怀难折：打败日寇的雄心壮志仍不折服动摇。

⑬多难殷忧新国运：祖国灾难无穷，忧患深重，我们一定要更新祖国的命运。殷，深切的、深情的。殷忧，即深忧。新，更新。

⑭动心忍性希前哲：动心，振奋精神。忍性，能控制情绪，比喻目标坚定。希，仰慕。哲，志士仁人。此句含义是：值此国家危亡，人民多难之秋，必须振奋精神，坚定方向，学习前辈志士仁人，踏着他们的足迹，跟敌人斗争到底。

⑮复神京：复，收复。神，神圣的。神京，指北京。

⑯燕碣：指京津地区。燕，北京附近的燕山。碣，天津附近的碣石山。

读与思

《满江红——西南联大校歌》这首词上阕悲愤，下阕雄壮。在抗日战争全面爆发、前线将士拼死抵抗的时候，有这样一群人，他们长途跋涉，不畏艰险，凭着一身风骨，守护着国家的千年文脉。他们坚信，只要文化还在，中国的血脉就还在，无论经历怎样的风雨飘摇、山河破碎，中国总能够重新站立起来。而今再读《满江红——西南联大校歌》，依然能感受到西南联大师生奋斗之精神、不屈之壮志。

最后一次讲演

◎闻一多

闻一多

这几天，大家晓得，在昆明出现了历史上最卑劣最无耻的事情！李先生究竟犯了什么罪，竟遭此毒手？他只不过用笔写写文章，用嘴说说话，而他所写的、所说的，都无非是一个没有失掉良心的中国人的话！大家都有一支笔，有一张嘴，有什么理由拿出来讲啊！有事实拿出来说啊！为什么要打要杀？而且又不敢光明正大地来打来杀，而是偷偷摸摸地来暗杀！这成什么话？

今天，这里有没有特务？你站出来！是好汉的站出来！你出来讲！凭什么要杀死李先生？杀死了人，又不敢承认，还要诬蔑人，说什么"桃色事件"，说什么共产党杀共产党，无耻啊！无耻啊！这是某集团的无耻，恰是李先生的光荣！李先生在昆明被暗杀，是李先生留给昆明的光荣！也是昆明人的光荣！

去年"一二·一"昆明青年学生为了反对内战，遭受屠杀，那算是青年的一代献出了他们最宝贵的生命！现在李先生为了争取民主和平而遭到了反动派的暗杀，我们骄傲一点说，这算是像我这样大年纪的一代，我们的老战友，献出了最宝贵的生命！这两桩事发生在昆明，这算是昆明无限的光荣！

　　反动派暗杀李先生的消息传出以后，大家听了都悲愤痛恨。我心里想，这些无耻的东西，不知他们是什么想法，他们的心理是什么状态，他们的心是怎样长的！其实很简单，他们这样疯狂地来制造恐怖，正是他们自己在慌啊，在害怕啊！所以，他们制造恐怖，其实是他们自己在恐怖啊！特务们，你们想想，你们还有几天？你们完了，快完了！你们以为打伤几个，杀死几个，就可以了事，就可以把人民吓倒了吗？其实广大的人民是打不尽的，杀不完的！要是可以这样的话，世界上早没有人了。

　　你们杀死一个李公朴，会有千百万个李公朴站起来！你们将失去千百万的人民！你们看着我们人少，没有力量？告诉你们，我们的力量大得很，强得很！看今天来的这些人，都是我们的人，都是我们的力量！此外还有广大的市民！我们有这个信心：人民的力量是要胜利的，真理是永远存在的。历史上没有一个反人民的势力不被人民毁灭的！希特勒、墨索里尼，不都在人民面前倒下去了吗？翻开历史看看，你们还站得住几天！你们完了，快了！快完了！我们的光明就要出现了。我们看，光明就在我们眼前，而现在正是黎明之前那个最黑暗的时候。我们有力量打破这个黑暗，争到光明！我们的光明，就是反动派的末日！

　　…………

　　李先生的血不会白流！李先生赔上了这条性命，我们要换来一个代价。"一二·一"四烈士倒下了，年轻的战士们的血换来了政治协商会议的召开；现在李先生倒下了，他的血要换取政协会议的重开！我们有这个信心！

　　"一二·一"是昆明的光荣，是云南人民的光荣。云南有光荣的历史，远的如护国，这不用说了；近的如"一二·一"，都

是属于云南人民的。我们要发扬云南光荣的历史！

反动派挑拨离间，卑鄙无耻。你们看见联大走了，学生放暑假了，便以为我们没有力量了吗？特务们！你们错了！你们看见今天到会的一千多青年，又握起手来了。我们昆明的青年绝对不会让你们这样蛮横下去的！

反动派，你看见一个倒下去，可也看得见千百个继起的！

正义是杀不完的，因为真理永远存在！

历史赋予昆明的任务是争取民主和平，我们昆明的青年必须完成这任务！

我们不怕死，我们有牺牲的精神！我们随时像李先生一样，前脚跨出大门，后脚就不准备再跨进大门！

（本文有删减）

读与思

西南联大的青年们是勇敢无畏的，昆明的青年们是不怕牺牲的。这是历史给予昆明的任务，这个任务是伟大而光荣的。好一个真理永存！好一个民主和平！历史证明了昆明在前进的道路上从来不曾退缩过。亲爱的同学们，请牢记这一段峥嵘岁月；亲爱的同学们，请务必深爱我们的祖国！

遥遥长路，到联合大学

©岳　南

　　一九三八年四月二十八日上午，旅行团师生们带着满身风尘和疲惫，抵达昆明东郊贤园。西南联大常委蒋梦麟、梅贻琦，以及南开的杨石先、清华的潘光旦、清华的马约翰等教授，另有部分从海道来昆的学生伫立欢迎。之后，大队人马向城内开进。当队伍经过中央研究院史语所临时租赁的拓东路宿舍门前时，史语所同人打出了"欢迎联大同学徒步到昆明"的横幅，以示嘉勉。史语所语言组主任赵元任的夫人杨步伟、北大校长蒋梦麟的夫人陶曾榖、南开大学秘书长黄钰生的夫人梅美德，携各自的女儿与

一群当地儿童，在路边设棚奉茶迎接。队伍的前锋一到，众人立即端茶送水递毛巾，向师生献花。欢迎的人群还为这支历尽风霜磨难的队伍献歌一曲，这是著名语言学家兼音乐家赵元任特地为师生们连夜制作而成的，词曰：

　　　　遥遥长路，到联合大学，

　　　　遥遥长路，徒步。

　　　　遥遥长路，到联合大学，

　　　　不怕危险和辛苦。

　　　　再见岳麓山下，

　　　　再会贵阳城。

　　　　遥遥长路走罢三千余里，

　　　　今天到了昆明。

歌声响起，如江河翻腾、大海惊涛，慷慨悲壮的旋律向行进中的每一位师生传递着国家的艰难与抗战必胜的信念，许多师生与在场的群众被感动得涕泪纵横。

队伍进入昆明圆通公园，在唐继尧①墓前举行了隆重的欢迎仪式。旅行团团长黄师岳站在队前逐一点名完毕，将花名册送交梅贻琦。这个简单神圣的仪式，标志着历史上从未有过的学生旅行团，成功地完成了由湘至滇的千里奔徙。全体成员平安抵达目的地，黄师岳与随团的官兵也完成了政府赋予的光荣使命。自此，数千名师生在昆明正式组建了足以彪炳青史、永垂后世的西南联合大学。国民政府任命蒋梦麟、梅贻琦、张伯苓三人为西南联大常委，共同主持校务。

为鼓励师生精神，坚持文化抗战的决心，表达中华民族不屈的意志，西南联大成立了专门委员会，向全体联大师生征集警言、歌词，制订新的校训、校歌。从众多来稿中，专门委员会经过反复筛选和讨论，最后以"刚毅坚卓"四字作为联大校训。同时选定由联大文学院罗庸、冯友兰用《满江红》词牌填写的歌词，清华出身的教师张清常谱曲的词曲作为校歌。校歌歌词为：

万里长征，辞却了五朝宫阙，暂驻足衡山湘水，又成离别。绝徼移栽桢干质，九州遍洒黎元血。尽笳吹，弦诵在山城，情弥切。

千秋耻，终当雪。中兴业，须人杰。便"一成三户"，壮怀难折。多难殷忧新国运，动心忍性希前哲。待驱除仇寇复神京，还燕碣。

这是一曲二十世纪中国大学校歌的绝唱，它凝聚了中国文人学者、莘莘学子在民族危难时刻最悲壮的呼喊，浓缩了联大师生

西南联大中文系师生在教室前合影

在国危家难之际所具有的高尚情感和坚强意志。从此，西南联大的歌声开始响起，激昂的旋律震动校园内外，感染着师生，激励着不同职业的中华儿女共赴国难，奋发自强。

西南联大组建之初，以蒋梦麟为主任的总办事处设在崇仁街46号。不久，在各界人士的支持帮助下，又租得大西门外昆华农业学校作为理学院校舍，租得拓东路迤西会馆、江西会馆、全蜀会馆作为工学院校舍，租得盐行仓库作为工学院学生宿舍。几处房屋略加修理，置办一些桌椅就可以开课。由于木床赶制不及，每个学生配发几个做外包装用的小木箱，拼拢以代卧榻，箱中还可以放书，可谓一箱两用。

秩序甫定，张奚若、金岳霖、钱端升等原与梁家关系密切的联大教授，又得以与梁思成、林徽因夫妇相聚。流浪的知识分子在阳光明媚、风景宜人、鲜花遍地的边城，又找回了往日的温馨与梦中的记忆。只是安详舒心的日子未过多久，沉重的生活压力接踵而来。地处西南边陲、多崇山峻岭、在国人眼中并不突出的云南，由于战争全面爆发和国军大规模溃退，此地的战略地位显得越来越重要。省会昆明不仅成为支撑国民政府持续抗战的大后方，同时也成了沦陷区各色人等的避难场所。大批机关和社会人员涌进，导致昆明物价飞升。无论是当地人，还是外来人，都感到了前所未有的生活压力。

（节选自《南渡北归》，有删改）

注释

①唐继尧(1883—1927)，云南会泽人，滇军创始人与领导者，有护国之功。

读与思

追溯一路走来的艰辛，我们看到了西南联大师生只为薪火相传而不畏艰难的信念。他们在民族危难时刻立下了最悲壮的誓言，发出了最坚定的呐喊！

多年后，我仿佛看到了他们出发前往昆明的那一天。

我问道："先生此去为何？"

"共赴国难，奋发自强！"

"若一去不回？"

"便一去不回。"

群文探究

1. 走进西南联大的历史，就仿佛走进了那个硝烟弥漫的战争年代。西南联大的校歌、碑文以及发生在西南联大师生身边的难忘的故事，让我们的心情久久不能平静……作为新时代的少年，我们又应当为我们伟大的祖国做些什么呢？

2. 在昆明有月亮的晚上，闻一多先生会在草地上教儿女背诵《春江花月夜》。原本一个满含诗意的诗人，却在国难深重时拍案而起："我们不怕死，我们有牺牲的精神！"闻一多先生为何如此震怒？震惊全国的暗杀事件究竟是什么？就让我们一起去揭开历史的真相吧！

第四章　俗世，人间烟火度流年

人间烟火气，最抚凡人心。

在云南昆明，让人沉醉的不只是风景和天气，更有那藏在城市里的烟火气。慢煮烟火，细炖岁月，四方食事，不过一碗人间烟火。认真生活的人，总是能在一食一味中，一草一木间，找到生活的志趣，感受岁月的诗意。

扫码立领
★ 名师朗读
★ 美文微课
★ 城市印象
★ 老城记忆

昆明即景·小楼

◎林徽因

张大爹临街的矮楼，
半藏着，半挺着，立在街头，
瓦覆着它，窗开一条缝，
夕阳染红它，如写下古远的梦。

矮檐上长点草，也结过小瓜，
破石子路在楼前，无人种花，
是老坛子，瓦罐，大小的相伴；

尘垢列出许多风趣的凌乱。
但张大爹走过，不吟咏它好；
大爹自己（上了年纪了）不相信古老。
他拐着杖常到隔壁沽酒，
宁愿过桥，土堤去看新柳！

读与思

　　林徽因很关注昆明老房子的样式和神韵。昆明的茶馆小楼在抗战时期给许多人带来温暖，那是一个可以让人暂时忘却战争，享受片刻宁静的地方。

汽锅鸡（节选）

◎汪曾祺

中国人很会吃鸡。如广东的盐焗鸡，四川的怪味鸡，江苏常熟的叫花鸡，湖南的东安鸡，山东德州的扒鸡……如果全国各种做法的鸡来一次大奖赛，哪一种鸡该拿金牌呢？我以为应该是昆明的汽锅鸡。

是什么人想出了这种非常独特的吃法？我估计，先得有汽锅，然后才有汽锅鸡。汽锅以建水所制者最佳。现在全国出陶器的地方都能造汽锅，如江苏的宜兴。但我觉得用别处出的汽锅蒸出来的鸡，都不如用建水汽锅做出的有味。这也许是我的偏见。汽锅既然出在建水，那么，昆明的汽锅鸡也可能是从建水传来的吧？

摄影：何佳霓（昆明市盘龙区东华小学）

原来在正义路近金碧路的路西有一家专卖汽锅鸡的店。这家不知有没有店号，进门处挂了一块匾，上书四个大字——培养正气。大家就称这家饭馆为"培养正气"。过去昆明人一说"今天我们培养一下正气"，听话的人就明白是去吃汽锅鸡。"培养正气"的鸡特别鲜嫩，而且屡试不爽。没有哪一次去吃了，会说"今天的鸡差点事！"这家店之所以能永远保持质量，据说他家用的鸡都是武定肥鸡。鸡瘦则肉柴，肥则无味。独武定鸡极肥而有味。揭盖之后，汤清如水，而鸡香扑鼻。

读与思

汪曾祺先生所食、所喜的多是地方风味和民间小食。他的文章娓娓道来，从容闲适；他的文字淡雅中蕴含宁静，没有十分宏大的主题，却让人在细微处深受感动。

米线和饵块（节选）

◎汪曾祺

未到昆明之前，我没有吃过米线和饵块。离开昆明以后，我也几乎没有再吃过米线和饵块。我在昆明住过将近七年，吃过的米线饵块可谓多矣，大概每个星期都得吃个两三回。

米线是米粉像压饸饹似的压出来的那么一种东西，粗细也如张家口一带的莜面饸饹，可口感完全不同。米线洁白，光滑，柔软。有个女同学身材细长，皮肤很白，她有个外号就叫"米线"。这东西从作坊里出来的时候就是熟的，只需放入配料，加一点水，稍煮，即可食用。昆明的米线店都是用带把的小铜锅，一锅只能煮一两碗，多则三碗，谓之"小锅米线"。昆明人认为，小锅煮的米线才好吃。米线配料有多种，除了爨（cuàn）肉之外，都是

摄影：何佳霓（昆明市盘龙区东华小学）

预先熟制好了的。昆明米线店很多，几乎每条街都有。

············

最为名贵的自然是过桥米线。过桥米线和汽锅鸡堪称昆明吃食的代表作。过桥米线以正义路牌楼西侧一家最负盛名。这家也卖别的饭菜，但是顾客多是冲过桥米线来的。入门坐定，叫过菜。堂倌即在每人面前放一盘生菜（主要是豌豆苗），一盘（九寸盘）生鸡片、腰片、鱼片、猪里脊片、宣威火腿片（平铺盘底，片大，而薄如纸），一碗白胚米线。随即端来一大碗汤。汤看来似无热气，而汤温高于一百摄氏度，因为上面封了厚厚的一层鸡油。我们初到昆明，就听到不止一个人的警告：这汤万万不能单喝。据说有一个下江人司机，等汤一上来，端起来就喝，竟烫死了。把生片推入汤中，即刻就熟了；然后把米线、生菜拨入汤碗，就可以吃起来。鸡片、腰片、鱼片、肉片都极嫩，汤极鲜，真是食品中的尤物。

过桥米线有个传说，说是有一秀才，在村外小河对岸书斋中苦读。秀才娘子每天给他送米线充饥，为保持鲜嫩烫热，遂想出此法。娘子送吃的，要过一道桥。秀才问："这是什么米线？"娘子说："过桥米线！""过桥米线"的名称就是这样来的。此恐是出于附

摄影：陈际州（昆明市盘龙区东华小学）

会。"过桥"之名我于南宋人笔记中曾见过，书名偶忘。

饵块有两种。

一种是汤饵块和炒饵块。饵块乃以米粉压成大坨，于大甑内蒸熟，长方形，一坨有七八寸长，五寸来宽，厚约寸许，四角浑圆，如一小枕头。将饵块横切成薄片，再加几刀，切如骨牌大，入汤煮，即汤饵块；亦可加肉片青菜炒，即炒饵块。我们通常吃汤饵块多，吃炒饵块少。炒饵块常在小饭馆里卖，汤饵块则在较大的米线店里与米线同卖。饵块亦可以切成细条，名曰饵丝。米线柔滑，不耐咀嚼，连汤入口，便顺流而下，一直通过喉咙入肚。饵块、饵丝较有咬劲。不很饿，吃米线；倘要充腹耐饥，吃饵块或饵丝。汤饵块饵丝，配料与米线同。青莲街逼死坡（明永历帝殉国处）下，有一家本来是卖甜品的，忽然别出心裁，添卖牛奶饵丝和甜酒饵丝，生意颇好。或曰："饵丝怎么可以吃甜的？"然而，饵丝为什么不能吃甜的呢？既然可以有甜酒小汤圆，当然也可以有甜酒饵丝。昆明甜酒味浓，甜酒饵丝香、醇、甜、糯。据本省人说，饵块以腾冲的最好。腾冲炒饵块别名"大救驾"。传明永历帝朱由榔，败走滇西，至腾冲，饥不得食。当地人进炒饵块一器。朱由榔吞食罄尽，说："这可真是救了驾了！"遂有此名。腾冲的炒饵块我吃过，只觉得切得极薄，配料讲究，吃起来与昆明的炒饵块也并无多大区别。据说腾冲的饵块乃专用某地出的上等大米舂粉制成，粉质精细，为他处所不及。只有本省人能品尝出各地的米质精粗，外省吃不出所以然。

烧饵块的饵块是米粉制的饼状物，"昆明有三怪，粑粑叫饵块……"指的就是这东西。饵块是椭圆形的，形状如北方的牛舌饼，比常人的手掌略长一些，边缘稍厚。烧饵块多在晚上卖。远远听

见一声吆喝："烧饵块……"声音高亢，有点凄凉。走近了，就看到一个火盆，置于交脚的架子上。盆中炽着木炭，上面是一个横搭于盆口的铁箅子，饵块平放在箅子上。卖烧饵的用一柄柿油纸扇扇着木炭，炭火更旺了，通红的。昆明人不用葵扇，扇火多用状如葵扇的柿油纸扇。铁箅子前面是几个搪瓷把缸，内装不同的酱，平列在一片木板上。不大一会儿，饵块烧得透了，内层绵软，表面微起薄壳，即用竹片从搪瓷缸中刮出芝麻酱、花生酱、甜面酱、泼了油的辣椒面，依次涂在饵块的一面，对折起来，形状如老式木梳，交给顾客。两手捏着，边吃边走，咸、甜、香、辣并入饥肠。四十余年，不忘此味。我也忘不了那一声凄凉而悠远的吆喝："烧饵块……"

读与思

汪曾祺青年时期，曾在昆明读书，闲暇时间便会走街串巷，游览昆明的风景，吃遍昆明的美食。汪曾祺用真挚的情感表达了对昆明的眷恋，也让读者感受到他的真诚和温情。

昆明记（节选）

◎于　坚

一个朋友说："走，吃饭去。"我们就出了公园，顺湖边走到叫"红灯笼"的那一家，进去就有一桌刚刚空掉、杯盘狼藉的桌子。伙计马上收拾干净，摆上几套新的碗筷，又沏上好茶，我们就开始点菜。点菜也不照菜谱，而是直接到厨房里去，那里各种生菜熟食已经摆好，想吃什么点什么。长得像大赤包的老板娘亲自介绍每样菜的做法。我们就点了腌莲花白炒小腊肉、蒸茄子芋头花、大理雕梅扣肉、清水苦菜、豆花鲤鱼、老奶洋芋。"够啦，"

摄影：赵芮君（昆明市盘龙区东华小学）

摄影：赵芮君（昆明市盘龙区东华小学）

老板娘说，"莫浪费，不够再点。"

　　这个时候，昆明到处在吃。有的地方，一条街上都是桌子，跑堂的都搞不清自家的桌子是哪几张。吃什么的都有，如宣威老火腿、广东烧腊、湖南毛家菜、四川乡巴佬、山东大饼、过桥米线、烧豆腐……吃烧豆腐这种东西最好玩。食客全部围着火塘。火塘上架个铁条的烧烤架，底下是泥炭火，上面烤从建水运来的小方块的臭豆腐，烤到冒油，蘸着作料吃。作料分干、湿两种：湿的，配卤腐汁、芫荽、辣椒、酱油等；干的，配干辣椒粉、盐巴、味精、花椒粉等。食客只管坐下就吃，不需报数。卖烧豆腐的姑娘，一边翻烤着豆腐，一边为你计着数。她用若干小碟，每个小碟代表一位客人或者一伙客人。食客想吃哪块夹哪块。你吃一块，她在小碟里面扔一粒干苞谷，最后数一下和你结账。

　　在夜幕降临之际端上来的一桌菜，用不了多久，就吃到盘子漏底，还要加两个菜：一个是油煎八宝饭，一个是芋头煮肉皮。

肉皮好吃得要命，管不得那么多了，我再吃一块肥肉。

大家酒足饭饱后，买单的笑笑："走，喝茶去。"这回是去花间集。喝罢茶还要吃些水果，还要找些话讲讲，还要搓搓麻将，看场电影……玩场多了。

按照季节和蔬菜，春天喝阳春米线，夏天吃蘑菇，中秋尝宝珠梨，冬日吃羊肉火锅。

读与思

昆明的日子很慢，吃饭很慢，喝茶很慢，生活很慢。在漫漫的人生道路上，我们需要慢慢地品味，品味这世间的一草一木，品味这世间所有的美好。

群文探究

1. 一个时代有一个时代的印记。在老昆明人看来，美味就是凝结在舌尖上的记忆。那些人流涌动的老餐馆已成为遥远的过去，但那些美味依然深藏在老昆明人的心里。

在你的记忆中，还留存着哪些记忆深处的美食呢？

2. 每个地方都有自己的特色，每座城市都有自己的味道。你的家乡有什么美食？如果你来当小小推荐官，你会向游客们推荐家乡的哪道菜呢？

第五章　风情，昆明十里一乡风

万朵莲花开海市，一天星斗下人间。

老昆明的风情源自老昆明人对天地万物、自然生灵的温柔共情。昆明古老的节日和仪式诉说着老昆明的故事。让我们一起揭开老昆明那层神秘的面纱，感受热情的、充满智慧的民俗风情。

囧 扫码立领
★ 名师朗读
★ 美文微课
★ 城市印象
★ 老城记忆

火把节①

◎ [元] 文璋甫

云披红日恰衔山，列炬参差竞往还。
万朵莲花开海市，一天星斗下人间。
只疑灯火烧元夜，谁料乡傩②到百蛮③。
此日吾皇调玉烛④，更于何处觅神奸。

注释

①火把节：每年农历六月二十四日是云南一些少数民族的传统节日——火把节。这首诗形象生动地描述了火把节的盛况。

②乡傩（nuó）：古代人民在腊月举行驱疫除鬼的迎神之礼。

③百蛮：古称云南为百蛮之地。

④玉烛：这里指风调雨顺的太平盛世。

读与思

"万朵莲花开海市，一天星斗下人间。"诗人将夏天晚上火把节的盛况写得淋漓尽致。朗诵这首古诗，品味诗句中对节日盛典的描写，感受劳动人民对生活的热爱。

戊寅九日龙门①登高

◎ [明] 杨 慎

江山盘踞千年地，风雨崔嵬百尺台。

摇落霜林秋籁②发，参差云壔③晓光开。

四愁多阻张衡望④，九辩堪兴宋玉哀⑤。

望远登高聊自遣，芳荑⑥艳菊漫相催。

注释

①龙门：西山最高峰罗汉悬崖上凿出的石室，有牌坊，题"龙门"二字。

②秋籁：秋声。

③云堞（dié）：堞，矮城墙。意思是天上的云像城堡一样。

④四愁多阻张衡望：张衡是汉代科学家和文学家，曾写《四愁诗》以抒发自己郁郁不得志的苦闷。

⑤九辩堪兴宋玉哀：宋玉是战国时楚国诗人，曾写《九辩》抒发自己失意的悲哀和痛苦。

⑥芳荑：茱荑。

读与思

　　登高远望是重阳节的重要节日仪式。这首明朝杨慎所写诗歌描述的就是重阳节去西山龙门登高时的场景。西山秋日盛大纷繁的美景都被描绘于诗境中了。

昆明年俗

◎汪曾祺

铺松毛

昆明春节,很多人家铺松毛——马尾松的针叶。满地碧绿,一室松香。昆明风俗,亦如别处,初一至初五不扫地——扫地就把财气扫出去了。铺了松毛不唯有过节气氛,也显得干净。

昆明城外,遍地皆植马尾松,松毛易得。

贴唐诗

昆明有些店铺过年不贴春联,贴唐诗。

昆明较小的店铺的门面大都是这样:下半截是砖墙,上半截是一排四至八扇木板,早起开门卸下木板,收市后上上。过年不卸板,板外贴万年红纸,上写唐诗各一首。此风别处未见。初一上街闲逛,沿街读唐诗,亦有趣。

劈甘蔗

春节街头常见人比赛劈甘蔗。七八个小伙子,凑钱买一堆甘蔗,每人备一把折刀,轮流劈。甘蔗立在地上,用刀尖压住甘蔗梢,急掣刀,小刀在空中画一圈,趁甘蔗未倒,一刀劈下。劈到哪里,切断,以上一截即归劈者。有人能一刀从梢劈到根,围看的人都喝彩。

掷升官图

掷升官图，几个人玩都可以。正方的皮纸上印回文的道道，两道之间印各种官职。每人持一铜钱。掷骰子，按骰子点数往里移动铜钱，到地后一看，也许升几级为某官，也可能降几级。升官图应当是清代的玩意儿，因为有"笔帖式"这样的官。至升为军机处大臣，即为赢家，大家出钱为贺。有的官是没有实权的，只是一种荣誉，如"紫禁城骑马"。我是很高兴掷到"紫禁城骑马"的，虽然只是纸上骑马，也觉得很风光。

嚼葛根

春节卖葛根。置木板上，上蒙湿了水的蓝布。葛根粗如人臂。给毛把钱，卖葛根的就用薄刃快刀横切几片给你。葛根嚼起来有点像生白薯，但无甜味，微苦。据本地人说，吃了葛根可以清火。管它清火不清火，这东西我没有尝过（在中药店里倒见过，但是切成棋子块的），得尝尝，何况不贵。

读与思

一定要在铺好的松毛上吃年夜饭，将唐诗贴在大门外，围观壮实的汉子劈甘蔗，掷升官图讨个新年的好彩头，嚼清凉降火的葛根片……在汪曾祺先生的笔下，老昆明的新年仪式丰富而有趣，我们仿佛能听到整条老街都是昆明百姓欢笑喝彩的声音。市井烟火里，处处是风情。

群文探究

1.欣赏了那么多老昆明的民俗、节日，现在回忆一下你的家乡有什么风俗，和小伙伴交流一下吧！

2.读完《火把节》《戊寅九日龙门登高》《昆明年俗》等作品，你会发现作者在对老昆明节日民俗的描述中寄托了一些期盼。你能读出文字中寄予的希望吗？

3.《戊寅九日龙门登高》所记录的重阳节登高的风俗在其他城市也有。查阅相关的资料，谈谈老昆明重阳节的习俗与其他地区的习俗有何异同。

第六章　茶香，一颗静心品清冽

一盏清茗酬知音，心素如简淡如茶。

　　不管时代如何变迁，我们始终执着于掬一盏清茗，抵达内心的净与静。在老昆明的茶馆，茶碗里盛着的是充满烟火气的人生。

回 扫码立领
★ 名师朗读
★ 美文微课
★ 城市印象
★ 老城记忆

昆明即景·茶铺

◎林徽因

这是立体的构画，
描在这里许多样脸
在顺城脚的茶铺里
　隐隐起喧腾声一片。

各种的姿势，生活
刻划着不同方面：
　茶座上全坐满了，笑的，
　皱眉的，有的抽着旱烟。

老的，慈祥的面纹，
年轻的，灵活的眼睛，
都暂要时间茶杯上
停住，不再去扰乱心情！

一天一整串辛苦，
此刻才赚回小把安静，
夜晚回家，还有远路，
白天，谁有工夫闲看云影？

不都为着真的口渴，
四面窗开着，喝茶，
跷起膝盖的是疲乏，
赤着臂膀好同乡邻闲话。

也为了放下扁担同扁背
向运命喘息，倚着墙，
每晚靠这一碗茶的生趣
幽默估量生的短长……

这是立体的构画，
设色在小生活旁边，
荫凉南瓜棚下茶铺，
热闹照样的又过了一天！

读与思

　　一个小小的茶馆里汇聚了各方人士。他们或是刚放下农活的农民，或是一群文人墨客，或是行色匆匆的旅人。一碗碗清茶在抗战时期给许多人带来了烟火气的温暖，让人暂时忘却战争，享受片刻的安宁。在袅袅的茶香中，他们卸下了一身的疲惫不堪与风尘仆仆，一同谈论着俗世人生，这就是茶独有的魅力吧。一口清茶，品的是光阴荏苒、世事沧桑。

品茗听书

◎詹 霖

午后到夜晚，老昆明的空气慵懒而迟滞，僻静的街巷就像沉浸在半梦半醒之中。假如茶馆里没了说书人的急促声和惊堂木"啪"的声响，总会让人觉得缺了点什么，整个城市说不定会昏昏然睡去了。

昆明茶馆有"吃书茶"，又叫"听评书"，是常见的花钱不多、吃茶饱耳福的娱乐活动。午后和晚上，茶馆变得十分热闹。茶馆老板邀请艺人演出，以讲评书为主，既吸引了茶客，又为市井提供了极好的文化生活。听书品茗，怡情养性。各色人等，悠然而来，意满而归。开讲之前可买清茶，开书之后停止供应。除茶资之外，每说完一段，茶客还给上一两文钱。

最负盛名的茶馆当数文庙的"魁星楼"，是一位玉溪老板开的茶馆。茶馆里面有百十个座位，天天座无虚席。下午三时以后，茶馆里便响起"啪！啪！"的惊堂木声。边喝茶边听书，又花钱不多，应该是一种享受。

受欢迎的说书人有付云章、陆洪恩、吴翰、陈玉鑫、雷震北、杨志远和仇炳堂等。他们的嘴上功夫好生了得，炉火纯青、登峰造极。聘约说书人，照例是在年前预定。茶馆预备酒席，款待先生，讨论要讲的书目和分账问题。一般每日说书收入，按三七分，茶馆得三，先生得七，遇有零头，统归先生。一般来说，收入不算丰厚，还过得去，主要是有保证。遇到哪位权高势大者听得兴起，

还会额外给赏钱。如果说书先生的朋友另给钱银，同样也归先生。

茶馆说书主要有三类：一是"长枪带书"，如《列国》《三国》《隋唐》《精忠》《明英烈》等；二是"小八件书"，即所谓"公案书或侠义书"，如《七侠五义》《三侠剑》《施公案》《于公案》之类；再者即《西游记》《封神榜》《济公传》等。

茶馆中间摆开书桌和一把靠背高脚椅子，一块黑漆粉牌上写着说书人的大名和书目。先生看茶客满座，便轻咳几声，抓起桌上惊堂木连拍三下，堂倌随之吆喝："开书了，各位雅静！"霎时，鸦雀无声，只听先生娓娓道来……

各种评书轮番说。说书人抑扬顿挫，眉飞色舞。情节叙述绘声绘色，人物对话惟妙惟肖。说书人仅凭语言、表情、动作，就能把满堂茶客引入神仙之境，领到天子庙堂，杀进惨烈战场。说书人的声音异常洪亮，使得整个茶馆回荡着他的声音，那木头块更是拍得"啪啪"作响。…………

茶客听得入迷忘我，战将杀得难分难解。说书人拿腔拿调：

"嗖……忽然飞出一人，高叫：'二位休得动手，俺来了！'"忽而急转直下，以很小的声音，轻言细语，笑眯眯地对茶客说："到底来的是谁？各位明日请早！"或者到了特精彩、特关键之时，他猛地敲一下惊堂木，"啪"声震耳，接着来一句："要知后事如何？且听下回分解！"于是，全场嘘声一片。有的埋怨太卖关子，故弄玄虚；有的恨时间太快，听书不能尽兴！

（节选自《昆明老茶馆旧闻》，篇名为编者所加）

读与思

说书人的急促语气，惊堂木"啪"的声响，听书品茗的各色人等，构成了老昆明世俗生活的群像图。在本文中，詹霖先生为我们讲述了老昆明哪几种"吃茶"的形式？

西南联大的茶馆文化

◎巫宁坤

一九三九年夏，我从四川合川二中高中毕业，考上西南联大外语系。学校九月开学，无奈从重庆去昆明交通十分困难，我足足用了两个月，终于在十一月中旬才

巫宁坤与沈从文、张兆和夫妇

到达昆明大西门外新校舍报到。一九四一年夏，我刚读完大二，就响应号召，"投笔从戎"，去给即将来我国支持抗日战争的美国空军志愿大队担任英语译员。我在西南联大学习的时间前后不到两年。

在此期间，日本飞机经常来轰炸。空袭警报一响，全校师生员工就"跑警报"。上课的时间就更少了，课堂上学到的东西实在不算太多。但是，在西南联大度过的这短短的一年多时间却是令我难以忘怀的。西南联大汇集了北大、清华和南开三所名校的教师，其中不乏誉满中外的学术大师。他们崇尚"自由之思想，独立之精神"，"百花齐放，百家争鸣"。不论工作和生活条件如何艰苦，他们都孜孜不倦地教书育人，潜心学术研究。可惜我因中途辍学，无缘受教于多位名师。不过有幸耳濡目染，我就终生受用不尽了。

最令我难以忘怀的是西南联大的茶馆文化。凡是西南联大的同学大概没有人没上过泡茶馆这门大课的。新校舍因陋就简，仅有一个图书馆，座位有限；宿舍四十人一间，没有书桌；课外活动几乎等于零。于是，学校附近两条街上的十来家大小茶馆，从早到晚坐满了西南联大的学生。他们在茶馆里看书、写作、聊天、玩桥牌，各得其所。

汪曾祺在《泡茶馆》一文中回忆道：

　　大学二年级那一年，我和两个外文系的同学经常一早坐到这家茶馆靠窗的一张桌边。我们各自看自己的书，有时整整坐一上午彼此不交语。我这时才开始写作。我的最初几篇小说，即是在这家茶馆里写的。

这里写的两个无名氏就是我和赵全章。我们仨是一九三六年

春季在镇江参加高一男生集中军训时结识的。我上的是扬州中学，全章上的是苏州中学，曾祺上的是镇江中学。我们三人都是十六岁，编在同一个中队，三个月同吃、同住、同操练。没想到，三年以后，三人都当上了流亡学生，又同时考上了联大（曾祺读中文系，全章和我读外文系）。碰巧三人又同住一栋宿舍，又都爱好文艺，朝夕相处。每天课后，我们仁就各自带上两三本书、钢笔、稿纸，一起去泡茶馆。我们一边喝茶，一边吃"花生西施"的五香花生米，一边看书（多半是课外读物），或写点儿什么东西。茶馆就是我们的"书斋"。谁写好一篇东西，就拿出来互相切磋。曾祺第一篇小说的文采就让我俩叹服。全章的中英文都好，经常写抒情小诗，后来一篇接一篇地翻译契诃夫的短篇小说。我也写一些小东西。我们最初的习作都是在这家茶馆里泡出来的。我们将这些习作投给中央日报文艺副刊，居然一篇篇小诗、小文陆续登出来了。由于我们仁都是经常饥肠辘辘的穷学生，所以一拿到稿费就直奔文林食堂"打牙祭"。有时，茶馆打烊以后，我们还会在深更半夜冒着雨到翠湖去逛荡，享受免费的湖光夜色。

大西门外经常尘土飞扬，风沙蔽日，无树无花的校园俨然一片荒漠，茶馆宛然水草迎人的绿洲。茶博士，不分男女，都亲切如家人，温馨如昆明四季如春的天气。一碗碗清茶好似一派清流，荡涤着游子的满面风尘，灌溉着他们如饥似渴的心田。

茶馆也是我们的殿堂。我们一边饮茶，一边虔诚地诵读一部又一部文学经典，在茶香水汽里领受心灵的洗礼。我们坠入沈从文描绘的如诗如画的"边城"，如醉如痴，流连忘返。有时竟忘了回学生食堂去吃饭，只得用花生米来充饥。何其芳的《画梦录》启迪我们做起"横海扬帆的美梦"。

西南联大的流亡学子有福了。在烽火连天、无家可归的岁月里，茶馆文化为我们提供了一个心灵之家。汪曾祺在《泡茶馆》一文中最后写道："如果我现在还算一个写小说的人，那么我这个小说家是在昆明的茶馆里泡出来的。"

当年的茶友全章和曾祺已先后作古。哪年哪月，我才能回到昆明重温茶馆文化呢？！

读与思

　　一篇篇经典的小诗、小文就诞生在西南联大的学子们泡茶馆的日子里，灌溉着他们如饥似渴的心田。他们一边饮茶，一边虔诚地诵读一部又一部文学经典，在茶香水汽里领受心灵的洗礼。可以说，这独属于西南联大的茶馆文化历经百年而不衰！

群文探究

1. "午后到夜晚，老昆明的空气慵懒而迟滞，僻静的街巷就像沉浸在半梦半醒之中。假如茶馆里没了说书人的急促声和惊堂木"啪"的声响，总会让人觉得缺了点什么，整个城市说不定会昏昏然睡去了。"老昆明的茶馆里最不缺的就是烟火气。让我们一起坐上时光机，坐在老昆明的茶馆里品茗听书。回到老昆明的茶馆，你最想遇见谁？为什么？

2. 一篇篇经典的小诗、小文就诞生在西南联大的学子们泡茶馆的日子里。同学们，请搜集资料，了解一下这些诞生在茶馆里的小诗、小文，看看它们记录下了哪些老昆明的历史印迹。

3. 汪曾祺先生来到老昆明之后，记人事，谈风景，说文化，述掌故。在他的笔下，山的伟岸、水的柔情、花的芳香，皆为情怀，都成文字。汪曾祺认为西南联大的学风是宽容的、坦荡的、率真的。

你还想了解更多老昆明的茶文化吗？就让我们一起翻开汪曾祺先生的与茶文化相关的散文吧！

第七章　花事，花枝不断四时春

天气常如二三月，花枝不断四时春。

鲜花把昆明装点成"花城"。我们漫步在昆明的街巷中，就像徜徉在花海之中。昆明的鲜花四季常开，一串串、一簇簇的花与枝叶相连，幽香阵阵。树上的花如云如霞，树下花瓣缤纷。我们走在长长的花廊下，恰似步入一场奇幻的梦境。

扫码立领
★ 名师朗读
★ 美文微课
★ 城市印象
★ 老城记忆

滇中花木记

◎ ［明］徐霞客

滇中花木皆奇，而山茶、山鹃为最。

山茶花大逾碗，攒合成球，有分心、卷边、软枝者为第一。省城推重者，城外太华寺。城中张石夫所居朵红楼楼前，一株挺立三丈余，一株盘垂几及半亩。垂者丛枝密干，下覆及地，所谓柔枝也；又为分心大红，遂为滇城冠。

山鹃一花具五色，花大如山茶，闻一路迤西，莫盛于大理、永昌境。

花红，形与吾地同，但家食时，疑色不称名，至此则花红之实，红艳果不减花也。

（选自《徐霞客游记》）

摄影：江宗熠（昆明市盘龙区东华小学）

读与思

　　山茶花是冬天的花，盛开于万物凋敝之时。虽然山茶花盛开于冬季，但山茶花不似梅花那样，给人"凌寒独自开"的孤傲之感。山茶花很美，像个娇艳的古典美人。山茶花在开花时有一个特点，那就是它只在叶片的顶端开花，不会到处都长满花苞，不与其他花朵争奇斗艳。

茶花赋

◎杨　朔

　　久在异国他乡，有时难免要怀念祖国。怀念极了，我也曾想：要是能画一幅画儿，画出祖国的面貌特色，时刻挂在眼前，有多好。我把这心思去跟一位擅长丹青的同志商量，求她画一幅画儿。她说："这可是个难题，画什么呢？画点零山碎水，一人一物，都不行。再说，颜色也难调。你就是调尽五颜六色，又怎么画得出祖国的面貌？"我想了想，也是，就搁下这桩心思。

　　今年二月，我从海外回来，一脚踏进昆明，心都醉了。我是北方人。论季节，此时的北方也许正满天风雪，水瘦山寒。而云南的春天脚步却勤，来得快，到处像催生婆似的正在催动花事。

　　花事最盛的去处要数西山华庭寺。不到寺门，远远就闻见一股细细的清香，直渗进人的心肺。这是梅花，有红梅、白梅、绿梅，还有朱砂梅，一树一树的，每一树梅花都是一首诗。白玉兰花略微有点儿残，娇黄的迎

春却正当时。那一片春色啊，比起滇池的水来不知还要深多少倍。

其实这还不是最深的春色。且请看那一树，齐着华庭寺的廊檐一般高，油光碧绿的树叶中间托出千百朵重瓣的大花，那样红艳，每朵花都像一团烧得正旺的火焰。这就是有名的茶花。不见茶花，你是不容易懂得"春深似海"这句诗的妙处的。

想看茶花，此时正好。我游过华庭寺，又冒着星星点点的细雨游了一次黑龙潭，这都是看茶花的好地方。原以为茶花一定很少见，不想在游历当中，时时望见竹篱茅屋旁边会闪出一枝猩红的花来。听朋友说："这不算稀奇。要是在大理，差不多家家户户都养茶花。花期一到，各样品种的花儿争奇斗艳，那才美呢。"

我不觉对着茶花沉吟起来。茶花是美啊。凡是生活中美的事物都是由劳动创造的。是谁白天黑夜，积年累月，拿自己的汗水浇灌着花，像抚育自己儿女一样抚育着花秧，终于培养出这样绝色的好花？应该感谢那些为我们美化生活的人。

普之仁就是这样一位能工巧匠，我是在翠湖边上遇到他的。翠湖的茶花多，开得也好，红彤彤的一大片，简直就像是一段彩云落到湖岸上。普之仁领我穿着茶花走，指点着告诉我这叫大玛瑙，那叫雪狮子；这是蝶翅，那是大紫袍……名目花色多得很。后来他攀着一棵茶树的小干枝说："这叫童子面，花期迟，刚打骨朵，开起来颜色深红，倒是最好看的。"

我就问："古语说：'看花容易栽花难。'栽培茶花一定也很难吧？"

普之仁答道："不很难，不过也不容易。茶花这东西有点特性，水壤气候，事事都得细心。又怕风，又怕晒，最喜欢半阴半阳。顶讨厌的是虫子。有一种钻心虫，钻进一条去，花就死了。一年

四季，不知得操多少心呢。"

我又问道："一棵茶花活不长吧？"

普之仁说："活得可长啦。华庭寺有棵松子鳞，是明朝的，五百多年了，一开花，能开一千多朵。"

我不觉"噢"了一声，想不到华庭寺见的那棵茶花来历这样大。

普之仁误会我的意思，赶紧说："你不信吗？大理地面上还有一棵更老的呢。听老人讲，上千年了，开起花来，满树数不清数，都叫万朵茶。树干子那样粗，几个人都搂不过来。"说着他伸出两臂，做个搂抱的姿势。

我热切地望着他的手，那双手满是茧子，沾着新鲜的泥土。我又望着他的脸，他的眼角刻着很深的皱纹。不必多问他的身世，我就猜得出他是个曾经忧患的中年人。如果他离开你，走进人丛里去，立刻便消逝了，再也不容易寻到他——这样一个极其普通的劳动者。然而正是这样的人，整月整年，劳心劳力，拿出全部精力培植着花木，美化着我们的生活。美就是这样被创造出来的。

正在这时，恰巧有一群小孩也来看茶花，一个个仰着鲜红的小脸，甜蜜蜜地笑着，叽叽喳喳叫个不休。

我说："童子面茶花开了。"

普之仁愣了愣，立时省悟过来，笑着说："真的呢，再没有比这种童子面更好看的茶花了。"

一个念头忽然跳进我的脑子，我得到一幅画儿的构思。如果用最浓最艳的朱红，画一大朵含露乍开的童子面茶花，岂不正可以象征着祖国的面貌？我把这个简单的构思记下来，寄给远在国外的那位丹青能手，也许她肯再斟酌一番，为我画一幅画儿吧。

一九六一年

读与思

茶花不仅是昆明市的市花，还位列云南省八大名花之首，已有一千五百多年的栽培历史了。杨朔先生的这篇《茶花赋》以小喻大，托物言志，开篇不直接写茶花，而是先写梅花、玉兰、迎春花，再引出"最深的春色"——茶花。这种布局结构十分精巧。

花潮（节选）

◎李广田

昆明有个圆通寺。寺后就是圆通山。从前是一座荒山，现在是一个公园，就叫圆通公园。

公园在山上。有亭，有台，有池，有榭，有花，有树，有鸟，有兽。

公园后山沿路，有一大片海棠。这些海棠平时枯枝瘦叶，并不惹人注意；一到三四月间，真是花团锦簇，变成一个花的世界。

这几天天气特别好，花开得也正好，看花的人也就最多。"紫陌红尘拂面来，无人不道看花回。"办公室里，餐厅里，晚会上，

圆通寺

道路上，经常听到有人问答："你去看花了没有？""我去过了。"或者说："我正想去。"到了星期天，道路相逢，多争说圆通山花的消息。一时之间，几乎形成一种风气，甚至是一种压力、一种诱惑。如果谁没有到圆通山看花，就好像是一大憾事，不得不挤点时间，去凑个热闹。

星期天，我们也去看花。不错，一路同去看花的人可多着哩。进了公园门，步步登山，摩肩接踵，人就更多了。向高处看，隔着密密层层的绿荫，只见一片红云，望不到边际，真是"寺门尚远花光来，漫天锦绣连云开"。这时候，什么苍松啊，翠柏啊，碧梧啊，修竹啊，都挽不住游人。大家都一口气攀到最高峰，淹没在海棠花的红海里。后山有一条大路，两旁、四周，都是海棠。人们坐在花下，走在路上，既望不见花外的青天，也看不见花外还有别的世界。

花开得正盛，来早了还未开好，来晚了已经开败。"千朵万朵压枝低"，每棵树都炫耀着自己的鼎盛时代，每一朵花都在微风中枝头上颤抖着说出自己的喜悦。"喷云吹雾花无数，一条锦绣游人路。"是的，这是一条花巷、一条花街，上天下地都是花，可谓花天花地。可是，这些说法都不行，都不足以说出花的动态。"四厢花影怒于潮"，"四山花影下如潮"，还是"花潮"好。古人写诗真有见地，善于说出要害，说出花的气势。你不要乱跑，静下来。你看那一望无际的花，"如钱塘潮夜澎湃"。有风，花在动；无风，花也如潮水一般地动。在阳光照射下，每一个花瓣都有它自己的光影，就仿佛多少波浪在大海上翻腾。你看得越出神，你就越感到这一片花潮正在向天空伸张，好像有一种生命力在不断扩展。而且，你可以听到潮水的声音。谁知道呢，也许是

花下的人语声，也许是花丛中蜜蜂的嗡嗡声，也许什么地方送来黄莺的歌声，还有什么地方送来看花人的琴声、歌声、笑声……这一切的声音交织在一起，再加上风声，就如同海上午夜的潮声。

…………

昆明四季如春，四季有花。可是不管山茶也罢，报春也罢，梅花也罢，杜鹃也罢，都没有海棠这样幸运。有这么多人，这样热热闹闹地来访海棠，来赏海棠。

…………

在这圆通山头，可以看西山和滇池，可以看平林和原野，可是这时候，大家都在看花，什么也顾不得了。

读与思

昆明被誉为"百花之都"，一年四季鲜花不断。昆明的花治愈了老舍，逗乐了林徽因，也在汪曾祺的青春里留下了深深的印记。昆明的花到底用什么词来形容好呢？曾在西南联大任教、后任云南大学校长的李广田也很纠结。"四厢花影怒于潮""四山花影下如潮"，还是"花潮"好。"花潮"二字道尽了昆明人因花而来的所有自豪和满足。

除夕看花

◎林徽因

新从嘈杂着异乡口调的花市上买来，
碧桃雪白的长枝，同红血般的山茶花。
着自己小角隅再用精致鲜艳来结采，
不为着锐的伤感，仅是钝的还有剩余下！

明知道房里的静定，像弄错了季节，
气氛中故乡失得更远些，时间倒着悬挂；
过年也不像过年，看出灯笼在燃烧着点点血，
帘垂花下已记不起旧时热情，旧日的话。

摄影：胡沐冉（昆明市盘龙区东华小学）

如果心头再旋转着熟识旧时的芳菲，

模糊如条小径越过无数道篱笆，

纷纭的花叶枝条，草看弄得人昏迷，

今日的脚步，再不甘重踏上前时的泥沙。

月色已冻住，指着各处山头，河水更零乱，

关心的是马蹄平原上辛苦，无响在刻画，

除夕的花已不是花，仅一句言语梗在这里，

抖战着千万人的忧患，每个心头上牵挂。

读与思

借物抒情一向是文人们惯用的手法。花是寄托，更是灵感的源泉。也正是这些花，让我们在闲暇时间里又多了一首好诗歌。

它是一点小小的欣喜，也是一丝小小的乐趣。"除夕看花"，就应该"不为着锐的伤感，仅是钝的还有剩余下！"

群文探究

1. 读完本章，你一定对昆明有了更深入的了解。春城无处不飞花。昆明是名副其实的"花城"：1月有梅花、山茶花，2月有牡丹、油菜花、木瓜花，3月有樱花、桃花、梨花，4月有杜鹃花，5月有蓝花楹、马缨花，6月有鸢尾花，7月有茉莉花、蝶豆花，8月有荷花，9月有菊花，10月有秋菊，11月有格桑花，12月有郁金香。在昆明，每个月都有花可赏。

街上有花，家中有花，就连饭店的餐桌上也要插着几束花作为装饰。每当节日来临的时候，昆明人手里捧着鲜花，头上戴着鲜花，在鲜花的海洋中载歌载舞，欢庆节日。昆明为什么盛产鲜花？鲜花对昆明人有着怎样特殊的含义？

2. 万紫千红花不谢，冬暖夏凉四时春。昆明既是"春城"，又是"花城"，一年四季花开不败，让人心醉。

云南大学的海棠花，像个涨红了脸的小姑娘害羞地弯在枝头；另一边，西华园的花也开得正闹；郊野公园的绣球花，每朵花的花瓣不过四片，但"聚似满天星"；大渔公园的向日葵，黄澄澄开了一片，高高的杆顶着圆圆的葵花，冲着太阳微微点头；大观楼芳香浓郁的菊花，黄中有橘，橘里带紫，看似淡泊又写满了繁华；圆通山动物园随处可见的冬樱，一抹粉红悄悄为昆明的冬日挂上了些许靓丽的色彩；黑龙潭孤芳自赏的梅花，知道昆明的冬天很少见雪，便许给这里一片挂在枝头的冬韵……

其他地方花开，昆明开得更艳；别的地方花落，昆明还留恋着花色。

如果要用一个词来形容昆明，我会毫不犹豫地想到"浪漫"。你会用什么词来形容昆明呢？为什么？

第八章　浮生，琴曲诗画是清欢

记得赋诗滇海上，砚池影蘸碧鸡尖。

老昆明是一方多元文化浸润的厚土，在世俗生活的烟火气里，暗藏着精神世界的无尽表达。让我们一起伴着乡音，聊聊亦浓烈、亦清雅、亦真挚的诗篇，听听那些写在音乐里的浓烈的乡愁。

○ 扫码立领

★ 名师朗读
★ 美文微课
★ 城市印象
★ 老城记忆

晚翠园曲会（节选）

◎汪曾祺

　　云南大学西北角有一所花园，园内栽种了很多枇杷树。"晚翠"是从《千字文》"枇杷晚翠"摘下来的。月亮门的门额上刻了"晚翠园"三个大字，很苍劲，是胡小石写的。胡小石当时在重庆中央大学教书。云大校长熊庆来和他是至交，把他请到昆明来。胡小石在云大住了一些时日。

汪曾祺

　　晚翠园除枇杷外，其他花木少，很幽静。云大中文系有几个同学搞了一个曲社。他们搞活动（拍曲子、开曲会）时，多半在这里借用一个小教室，摆两张乒乓球桌，摆二三十张椅子。曲友毕集，就拍起曲子来。

　　许宝騄先生是数论专家，但是曲子唱得很好。许家是昆曲世家，会唱曲子的人很多。俞平伯先生的夫人许宝驯就是许先生的姐姐。许先生听过我唱的一支曲子，跟我们的系主任罗常培说，他想教我一出《刺虎》。罗先生告诉了我，我自然是愿意的，但稍感意外。我不知道许先生会唱曲子，更没想到他为什么主动提出要教我一出戏。我按时去了，没有说多少话，就拍起曲子来："银台上晃晃的风烛炫，金猊内袅袅的香烟喷……"

许先生的曲子唱得很大方，《刺虎》完全是正旦唱法。他的"撤"特别好，摇曳生姿而又清清楚楚。

…………

曲会只供茶水。偶尔在拍曲后亦作小聚。大馆子吃不起，只能吃花不了多少钱的小馆。"打平伙"——北京人谓之"吃公墩"，是各人自己出钱。翠湖西路有一家北京人开的小馆，卖馅饼、大米粥，我们去吃了几次。吃完了结账时，掌柜的还在低头扒算盘，许宝騄先生已经把钱敛齐了交到柜上。掌柜的诧异：怎么算得那么快？他不知道算账的是一位数论专家，这点小九九还在话下吗？

参加曲会的人，多半生活清贫。在百物飞腾、人心浮躁之际，

他们还能平平静静地做学问，并能在低吟浅唱、曲声笛韵中自得其乐，对复兴民族大业不失信心，不颓唐，不沮丧。他们是浊世中的清流、旋涡中的砥柱。他们中有不少人对文化、科学做出了很大的贡献。安贫乐道，恬淡冲和，是中国的知识分子优良的传统。这个传统应该得到继承，得到扶植，得到发扬。

如此，晚翠园是可怀念的。

一九九六年春节

读与思

云南大学东陆校区的西北角，多年前曾有一座遍植枇杷树的清幽小院，因《千字文》"枇杷晚翠"而得名"晚翠园"。在西南联大时期，晚翠园是名家大师聚唱昆曲、传承文化的精神家园。汪曾祺先生在西南联大读书期间，曾见证大师名家聚集在晚翠园的情景，并撰写了《晚翠园曲会》一文。

昆曲是中华传统戏曲的百戏之祖。在抗战时期，生活艰难的昆曲曲社师生，为什么还有一份闲情逸致来唱曲？汪曾祺先生为什么说他们在低吟浅唱、曲声笛韵中对复兴民族大业不失信心？读完本文所记录的这场人文盛事的一角，或许我们的心里早已有了答案……

是喽嘛（节选）

◎朱自清

初来昆明的人，往往不到三天，便学会了"是喽嘛"这句话。这看出"是喽嘛"在昆明，也许在云南，是一句普遍流行的应诺语。别地方的应诺语也很多，像"是喽嘛"这样普遍流行的似乎少有，所以引起初来的人的趣味。初来的人学这句话，一面是闹着玩儿，正和到别的任何一个新地方学着那地方的特别话的心情一样。譬如到长沙学着说"毛得"，

朱自清

就是如此。但是，这句话不但新奇好玩儿，简直太新奇了，乍听不惯，往往觉得有些不客气，特别是说在一些店员和人力车夫的嘴里。他们本来就不太讲究客气，而初来的人跟他们接触最多。在他们看来，初来的人都是些趾高气扬的外省人，他们看这些外省人也有些不顺眼。在这种小小的摩擦里，初来的人左听是一个生疏的"是喽嘛"，右听又是一个生疏的"是喽嘛"，不知不觉就对这句话起了反感。他们学着说，多少带点报复的意味。

"是喽嘛"有点像绍兴话的"是唉"，"是唉"读成一个音，那句应诺语乍听起来好像也带些不客气。其实这两句话都可以算是平调，固然也跟许多别的话一样可以说成不客气的强调，可还是说平调的多。

现在且只就"是喽嘛"来看。"喽"字大概是"了"字的音转，这"喽"字是肯定的语助词。"嘛"字是西南官话里常用的语助词，如说"吃嘛""看嘛""听嘛""睡嘛""唱嘛"，还有"振个嘛"，"振"是"这们"的合音，"个"相当于"样"，好像是说"这们着罢"。"是喽"或"是了"并不特别，特别的是另加的"嘛"字的煞尾。这个煞尾的语助词通常似乎表示着祈使语气，是客气的请求或不客气的命令。在"是喽嘛"这句话里却不一样，这个"嘛"似乎只帮助表示肯定的语气，对于"是喽"有加重或强调的作用。也许就是这个肯定的强调，引起初来的人的反感。但是日子久了，听惯了，就不觉其为强调了；一句成天在嘴上、耳边的话，强调是会变为平调的。昆明人还说"好喽嘛"，语气跟"是喽嘛"一样。

读与思

朱自清先生对昆明话作了非常仔细的分析和研究，字里行间能感觉到他对昆明的方言有浓厚的兴趣。他还把昆明和绍兴的应诺语进行对比，更显出老昆明方言自生自长的独特魅力。或许我们也可以从家乡的一句方言里，从千人千面的话语声中，找到我们脚下生活的土地所独有的文化魅力。你家乡的方言有什么特点呢？

滇池圆舞曲

◎郭沫若

曙光像轻纱漂浮在滇池上
山上的龙门映在水中央
像一位散发的姑娘在梦中
睡美人躺在滇池旁
啊……
我们的生活多么欢畅
像那山茶花儿开放

郭沫若

金色的阳光闪耀在滇池上
碧波上面白鸽飞翔
渔船轻轻地随风飘荡
渔家姑娘歌声悠扬
啊……
我们的生活多么欢畅
像那山茶花儿开放

月光像白银撒在了滇池上
绿柳葱葱静立滇池旁
睡美人对着滇池来梳妆
闪烁的星光映在她头上

啊……
我们的生活多么欢畅
像那山茶花儿开放

各族的儿女团聚在滇池旁
真诚的友谊天天增长
灿烂的阳光照耀我们
愉快地劳动纵情歌唱
啊……
我们的生活多么欢畅
像那山茶花儿开放

读与思

　　二十世纪七八十年代，很多昆明人会哼会唱《滇池圆舞曲》。大家由衷地歌颂幸福的昆明，纵情赞美秀丽的滇池。郭沫若填词的《滇池圆舞曲》，写尽了滇池的浪漫。

记忆中的云南跑马节（节选）

◎沈从文

特具地方性的跑马节，是在云南昆明附近乡下跑马山下举行的。在这种聚集了近百里内四乡群众的盛会上，百货云集，百艺毕呈，让外乡人更加开眼。这盛会不仅引人兴趣，

沈从文

也能长人见闻。来自四乡载运烧酒的马驮子，多把酒坛连驮架就地卸下，站在一旁招徕主顾，并且用小竹筒不住地舀酒请人品尝。有些上点年纪的人，阅兵点将一般，到处走去，点点头又摇摇头。若平时酒量不大的人，绕场一周，也就不免给那喷鼻浓香的酒味熏得摇摇晃晃。

各种酸甜苦辣吃食摊子，也都富有云南地方特色，为外地所少见。妇女们高兴的事情，是城乡第一流银匠到时都带了各种新样首饰来这里。这些银匠选平敞地搭个小小布棚，展开全部场面，就地开业，煮、炸、捶、钻、吹、镀、嵌、接，显得十分热闹。卖土布鞋面、枕帕的，卖花边阑干、五色丝线和胭脂水粉香胰子的，都是专为女主顾而准备的。

…………

91

　　跑马节还有许多精彩的活动。在另外一个斜坡边，比较僻静长满小马尾松林子和荆条丛生的地区，那时到处有一簇簇年轻男女在对歌，也可说是"情绪跑马"，其热烈程度绝不亚于马背翻腾。云南本是诗歌的家乡，路南和迤西歌舞早就闻名全国。这一回却更加增长了我的见闻。

　　这是一种别开生面的场所，对调子的人来自四面八方。他们各自蹲踞在松树林子和灌木丛沟凹处，彼此相去虽不多远，却互不见面。唱的多是情歌酬和，却有种种不同的方式。或见景生情，即物起兴，用各种丰富的比喻，比赛机智才能。或提问题，等待对方解答。或互嘲互赞，随事押韵，循环无断。也唱其他故事，贯穿古今，引经据典。当事人照例滚瓜烂熟，随口而出。在场的有很多内行，开口即见高低，含糊不得。所以，不是高手，也不敢轻易搭腔。

　　那次听到一个年轻妇女一连唱败了三个对手，逼得对方哑口无言。那年轻妇女轻轻地打了个呃喝，表示胜利结束，从荆条丛中站起身子，理理发，拍拍绣花围裙上的灰土，向大家笑笑，意思像是告诉大家："你们看，我唱赢了"，显得轻松快乐，拉着同行女伴，走过江米酒担子边解口渴去了。

　　这种年轻女人在昆明附近村子中多的是。她们明朗活泼，手脚勤快，长了一张黑中透红的脸，满口白白的牙齿，穿了身毛蓝布衣裤，腰间围了个钉满小银片扣花葱绿布围裙，脚下穿双云南乡下特有的绣花透孔鞋，油光光辫发盘在头上。她们不仅唱歌十分在行，还在大年初一和同伴去各个村子里打秋千。她们用马皮做成三丈来长的秋千条，悬挂在路旁高树上，蹬个十来下就可平梁，悠游自在，若无其事呢！

读与思

　　特具地方性的跑马节，是在云南昆明附近乡下跑马山下举行的。在这种聚集了近百里内四乡群众的盛会上，百货云集，百艺毕呈，让外乡人更加开眼。这盛会不仅引人兴趣，也能长人见闻。

　　这篇散文除了表现出一个"外省人"对昆明、对云南这个"异乡"的热爱以外，还是深厚的、接地气的、第一手的民俗学史料。文章不单写跑马（即赛马），还写了年轻男女的赛歌。歌、景、人完全融合在一起，构成了云南特有的民俗美、生命美……

　　再读一读本篇文章，让我们在文字中和沈从文先生一起从"活生生的人"中听听生命的颂歌吧！

群文探究

1. 音乐艺术是日常生活更深刻趣味的延伸。本组文章给了我们一个窗口去探寻：我们可以在《晚翠园曲会》里探寻老昆明的传统曲艺，我们可以在《滇池圆舞曲》中学习现当代的昆明音乐艺术，我们可以在《记忆中的云南跑马节》里感叹"云南本是诗歌的家乡"。

不同时期的音乐作品体现了老昆明不同侧面的城市生命力。你更喜欢老昆明的哪一种艺术？为什么？

2. 家乡总在牵动着我们的情思：名山大川、寻常巷陌、小桥人家……我们生于斯，长于斯，在这里留下生命的痕迹，也有许多难以割舍的记忆。方言是连接这种奇妙记忆的一种方式。

在方言里，我们能看见历史。昆明话里至今还保留着一些古代的词语和用法。季羡林在《春城忆广田》一文中写道："我相信，从一个人的方言的声调中可以听出他的性格来。"

再读一读朱自清的文章《是喽嘛》，结合文章想一想，老昆明的方言的声调透露出昆明人怎样的性格呢？

第九章　记忆，歌谣声声传滇韵

人人会哼山歌调，个个都是风流人。

昆明是一个多民族聚居地区，各族劳动人民在昆明创作的歌谣浩如烟海。在长期的生产生活中，歌谣这种极具民族、地方特色的艺术表达形式早已深深印刻在老昆明人的骨血之中。老昆明童谣是来自老昆明人民发自内心的声音。

○ 扫码立领
★ 名师朗读
★ 美文微课
★ 城市印象
★ 老城记忆

三山四海一条江

昆明城有三座山，
山名叫哪样？
第一座五华山，
第二座圆通山，
第三座磨盘山。
昆明从前有四海，
海名叫哪样？
翠湖原名菜海子，
东边叫作东海子，
西边叫作西海子，
南边叫作南海子，
北边叫作北海子。
昆明城有一条江，
江名叫哪样？
江名盘龙江。

绘图：王梓涵（昆明市盘龙区云波小学）

读与思

　　这首简单的童谣让我们在脑海中迅速勾勒出老昆明的版图。得天独厚的地理条件赋予老昆明"山水之城"的美誉。昆明城里有"三山四海"，昆明城外有"三山一水"。"三山四海"套在"三山一水"中，显现出"城在山水中，山水在城中"的双重空间结构。城内城外，山水相依，意境悠长。

猜　调

小乖乖来小乖乖，
我们说给你们猜。
什么长，长上天，
哪样长在海中间，
什么长长街前卖嘛，
哪样长长妹跟前？

小乖乖来小乖乖，
你们说给我们猜。
银河长，长上天，
莲藕长长海中间 ，
米线长长街前卖嘛，
丝线长长妹跟前喽来。

小乖乖来小乖乖，
我们说给你们猜。
什么团，团上天，
哪样团在海中间 ，
什么团团街前卖嘛，
哪样团团妹跟前？

小乖乖来小乖乖，

你们说给我们猜。

月亮团，团上天，

荷叶团团海中间，

粑粑团团街前卖嘛，

镜子团团妹跟前喽来。

绘图：杨胜宇（昆明市盘龙区云波小学）

读与思

　　老昆明的童谣以独特的方式陪伴着儿童成长。老昆明的童谣不仅仅只属于儿童，在给儿童提供精神粮食的同时，更是以代代相传的方式唱出了老昆明人浓浓的乡情。对于常年漂泊在外的昆明人来说，昆明童谣也成为他们思念家乡的慰藉。

编花篮

编花篮，

编花篮，

花篮里面有个小姑娘，

姑娘名字叫花篮。

绘图：杨胜宇（昆明市盘龙区云波小学）

清早忙起床，

洗洗脸，梳梳头，

背起书包上学堂。

见了同学问声好，

见了老师问声早。

读与思

《编花篮》是一首游戏童谣，孩子们通常边跳皮筋边拍手吟唱。

老昆明的街巷总是会传来一声声质朴、纯真的童谣："编花篮，编花篮……"

童谣是昆明的民间文化，也是昆明人的记忆。不论昆明城将来如何变化，这些童谣都是老昆明的一部分。

正月正

正月正，狮子闹龙灯；

二月二，老龙抬起头；

三月三，荠菜花儿赛牡丹；

四月四，四个铜锤溜个字；

五月五，五只龙船漂花鼓；

六月六，家家门前晒红绿；

七月七，七个果子甜如蜜；

八月八，丫开①西瓜赛月牙；

九月九，九朵菊花泡烧酒；

十月十，十个老倌偷食吃；

冬月冬，家家围着向烘笼；

腊月腊，吃稀饭来煮嘎嘎②。

 注释

①丫开：切开。

②嘎嘎：肉。

绘图：陈俊宇（昆明市盘龙区云波小学）

读与思

　　童谣是指在民间流传的歌谣，具有形式简短、通俗易懂、朗朗上口的特点。童谣是历史文化遗产的重要组成部分，也是源远流长的民间艺术。每一首童谣的产生都和当地的历史文化、地理环境以及当地百姓的生活习惯有着密切的关系。可以说，童谣用口口相传的方式传递着丰富的文化信息。

群文探究

1.《三山四海一条江》让我们看见山水相依的昆明，体会昆明意境悠长的韵味。《猜调》以独特的形式，让我们在哑然失笑中寻得地方文化的智慧。《编花篮》的童声童趣，让稚嫩孩童的形象跃然纸上。《正月正》让我们看到昆明的独特民俗。想一想你还在哪里听过这样的童谣，在茶余饭后也来哼上一曲吧。

2.童谣汲取了当地语言文化中诗、经、乐、歌、谣的艺术精华，在岁月的长河里闪闪发光。读了《猜调》《正月正》，你一定对昆明的风俗有了更加丰富的了解，对昆明人有了更加深刻的认知。说一说，老昆明有哪些独特的风俗？

研学活动：寻味春城

四季看花花不老，一江春日是昆明。昆明的美，在于它的温情与明媚。它是杨朔"心都醉了"的惊喜，是林徽因灵魂深处满满的春城记忆，也是汪曾祺眼中明亮丰富的动情故事……

看了、听了、感受了，再来一场说走就走的主题之旅吧！背上行囊，满载期待，与昆明来一次亲密接触。去品一品小吃；去听一听吆喝；去寻一寻历史遗迹，探索历史背后的故事。

本次研学活动为你精心定制了四条路线，满足你不同感官的需要。还等什么呢？来吧，让我们一起走进昆明！

研学主题一：自然王国里的昆明面貌

研学因由：昆明优越的地形地貌和多样的气候类型使得昆明一年四季植被茂盛，动物繁多而珍稀，有"动植物王国"之称。

研学路线：云南野生动物园—昆明植物园—未来也来公园

研学活动：

1. 参观云南野生动物园

云南野生动物园内林木苍翠，动物自由栖居。园内真实立体的场景，让孩子在探索学习的过程中，自然萌发"人与自然和谐相处"的理念。

2. 走进昆明植物园

让我们一起走进建于 1938 年的昆明植物园，与 4000 类植物相拥。让我们在这座大型知识宝库中了解植物，拓宽视野。

种子博物馆入口处的 2040 根亚克力柱子中，盛放着色彩斑斓、形态各异、大小不一的植物种子。整齐排列的种子墙犹如一幅巨型画作，展示着生物的多样性与自然世界的丰富多彩。

3. 探寻未来也来公园

未来也来公园位于石林景区核心区，是一个集收藏展览、文化传播、学术交流、科普研学、探秘体验、休闲度假于一体的大型综合文化旅游区，也是目前国内罕见的关于地球科学的科普展览与文化体验主题公园。我们可以在精彩的地球地质博物展示中，了解地球 46 亿年运动的神奇规律，了解地球生命共同经历的 46 亿年间发生的神奇故事。

4.品尝舌尖上的昆明

昆明美食日记

月份	地点	鲜花	时鲜美食
1 月	黑龙潭	梅花	棠梨花、芭蕉花、树花
2 月	安宁	油菜花	油菜花
3 月	呈贡万溪冲	梨花	金雀花、苦刺花、玉兰花
4 月	圆通山	樱花	棕包花、核桃花、火烧花
5 月	教场路	蓝花楹	黄花菜
6 月	寻甸龙凤湾	薰衣草	海菜花、密蒙花、苦绳花
7 月	金色螳螂川	向日葵	野生菌
8 月	翠湖	荷花	豆焖饭
9 月	大观园	菊花	鲜花饼
10 月	石林	秋菊（波斯菊）	凉拌折耳根
11 月	石林	格桑花	过桥米线、豆花米线
12 月	捞鱼河公园	郁金香	汽锅鸡、木蝴蝶花

（1）寻美食

走进昆明的菜市场，去看一看、摸一摸、闻一闻美食里的人间烟火气。

（2）写美食

在品尝美食之余，记录一下舌尖味蕾的感觉。

（3）画美食

拿起手中的画笔，把你喜欢的昆明美食画下来吧。

研学主题二：古建遗址里的千年古城

研学背景： 2000 多年前，在我国西南边陲有个叫"滇"的古代王国。司马迁曾在《史记》中用"肥饶数千里"来描述这个神秘的王国。就在司马迁将它载入典籍后不久，古滇国便逐渐隐去了影踪。随着古遗址的发掘，古滇国的神秘面纱被一点点揭开。

研学路线： 翠湖—官渡古镇—云南省博物馆—滇池古城村遗址—云南考古体验馆

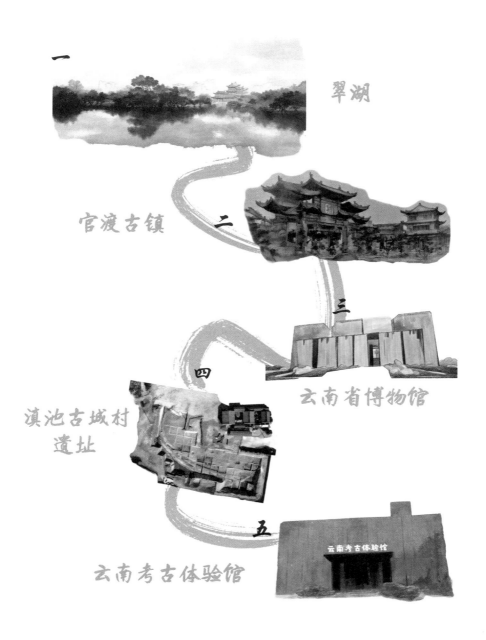

一　翠湖

官渡古镇　二

三　云南省博物馆

四

滇池古城村
遗址

五

云南考古体验馆

研学活动：

1. 游览翠湖公园

水光潋滟、绿树成荫的翠湖，是昆明的一张闪光名片，见证着昆明的前世今生。

2. 走访官渡古镇

昆明是一座有着辉煌历史的城市，拥有上千年的建城史。漫长峥嵘岁月留给人们许多积淀厚重、古色古香的古建筑。在历史悠悠的官渡古镇中，在这不到1.5平方公里的面积里，满是唐、宋、元、明、清的古建筑。一步一景间，这些古建筑牵动着孩子对历史过往的兴趣。

3. 细读云南省博物馆

世界上虽然没有时光机，云南省博物馆却能带孩子在历史中穿梭。在云南省博物馆，孩子们可以通过文物与历史对话，隔着时空也能真实感受已经消失的文明。在昆明的历史研学中，好奇心和求知欲就是孩子最好的老师。

摄影：李艳飞

4.探秘滇池古城村遗址

滇池边的古城村遗址，是云南目前已知保存最完整的先滇时期环形贝丘遗址。在这片看似普通的土丘之下，埋藏着一座座螺蛳壳堆成的山。螺蛳壳的覆盖面积达9万多平方米，相当于13个标准足球场大小。专家根据古城村贝丘遗址的地层判断，古滇人至少自我国商代时期开始，就已经在滇池周边定居，并创造了属于他们的文明。

滇池东南岸的河泊所遗址已经出土简牍1万多片（其中2000多片为有字简牍），封泥800多枚。封泥的出现填补了史料空白。"滇国相印"封泥的出现，从实物史料上证实了古滇国的存在。千年过去，古滇国虽然早已隐入过往，但古滇文化作为中华文明的重要组成部分，依然延续着曾经的传说。

"滇国相印"封泥

瓦当

5. 亲历云南考古体验馆

为什么要考古？考古就是挖宝吗？这些疑惑来云南考古体验馆就能得到答案。

云南考古体验馆共3层，以考古记、里程记、学习记、探方记、出土记、修复记等不同功能分区设置，以考古工作、古代生产生活、文保单位等沉浸式体验为核心，采用现代科技与传统模式相结合的方式，让公众学习考古知识、体验历史文化。作为目前全国最大的考古体验馆，云南考古体验馆搭建起考古与公众之间沟通的桥梁，让考古科学从神秘走向公开，让考古科普走进人们的生活，为人们提供优质的文化滋养。

请画一画你在云南考古体验馆看到的一件文物，并谈一谈你的体验。

研学主题三：初探民族多样性

研学背景： 昆明是一个多民族聚居的城市，有 26 个民族世居于此。众多不同的民族和多姿多彩的民族风情，让昆明民族文化的多样性和丰富性展现在大众面前。

研学路线：云南民族村——云南民族博物馆

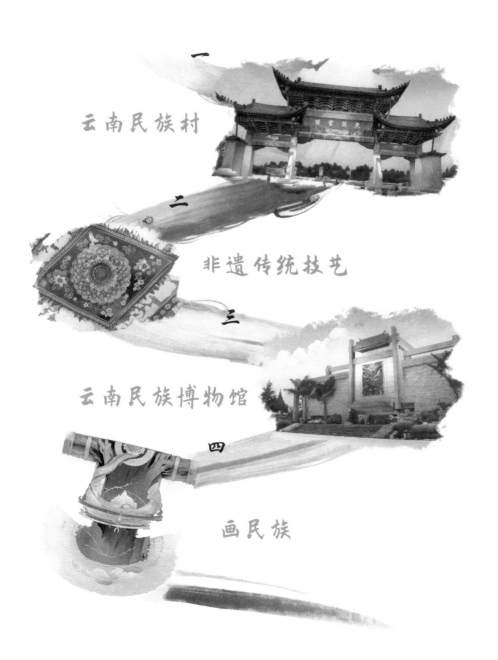

一

云南民族村

二

非遗传统技艺

三

云南民族博物馆

四

画民族

研学活动：

1. 游览云南民族村

云南民族村位于云南省昆明市西南郊的滇池之畔，是展示云南26个民族社会文化风情的窗口。云南民族村以生动鲜活的形态，展示了云南各民族的建筑艺术、歌舞服饰、文化风情、宗教信仰和生活习俗。

2. 体验非遗传统技艺

白族扎染技艺是一种古老的纺织品染色技艺，是国家级非物质文化遗产之一。扎染一般以棉白布或棉麻混纺白布为原料，以植物蓝靛为主要染料。浸染时，每浸一次颜色深一层；浸染到需要的程度后，取出晾干，拆去缬结，便呈现蓝底白花的图案花纹，色彩洁净明丽，典雅沉静。

云南民族村内集结了众多少数民族的民俗表演者和非遗技艺传承人，不妨跟着他们体验下白族扎染技艺。

3. 参观云南民族博物馆

云南民族博物馆就在云南民族村旁，各类展品达万余件，分8个专题，在16个展厅里展出。

4. 画民族

云南地貌复杂多样，人们的服饰依气候地势之变而变化。有的民族服饰轻薄秀婉，有的民族服饰古朴浑厚。选择一个你最喜欢的云南的少数民族，拿起画笔，画一画他们的特色服饰吧。

研学主题四：寻红色踪迹

研学背景：昆明是一片红色的土地、英雄的土地。昆明的红色精神是广大军民在中国共产党的坚强领导下，在中国革命、建设、改革中形成的、体现在昆明革命者身上的崇高品质。

研学路线：云南陆军讲武堂—西南联大旧址—昆明飞虎队纪念馆

云南陆军讲武堂 一

西南联大旧址 二

昆明飞虎队纪念馆 三

研学活动：

1. 参观云南陆军讲武堂

1909 年，云南陆军讲武堂正式创办并开学。以云南陆军讲武堂师生为骨干组建的滇军，在护国战争、护法战争中战绩辉煌，威名远播。从云南陆军讲武堂走出了中华人民共和国的两个开国元帅——朱德和叶剑英。

研学之后，给自己的同学、朋友或者家人讲讲关于云南陆军讲武堂的故事。

2. 参观西南联大旧址

西南联大旧址位于云南省昆明市老城北门街。陈寅恪、陈省身、华罗庚、周培源、冯友兰、费孝通、吴大猷、杨振宁、李政道、闻一多这些驰名中外的教授，都曾在西南联大任教或读书。中华人民共和国成立后的两院院士中，联大师生有 164 人；在我国 23 位"两弹一星功勋奖章"获得者中，有 6 位是联大学生；2000 年以来获国家最高科技奖的 9 位科学家中，有 3 位是联大学生……在战火中成立的西南联大保存了抗战时期的重要科研力量，培养了一大批卓有成就的优秀人才，为中国和世界的发展进步作出了杰出贡献。

西南联大培养了很多科研人才。请你搜集他们的故事，选择一位人物，写一封信给他吧。

3.参观昆明飞虎队纪念馆

昆明与飞虎队有着深厚的历史渊源。飞虎队在昆明诞生，在昆明成长。飞虎队的战机第一次升空作战是在昆明，飞虎队的英雄第一次击落敌机也是在昆明。飞虎队的队员们用鲜血和生命在昆明的上空筑起了一道空中屏障，有效遏制了日机对昆明的狂轰滥炸，有力打击了日本侵略者的嚣张气焰，在昆明的抗战史上写下了浓墨重彩的一笔。昆明人民对飞虎队的感情也十分深厚，始终没有忘记飞虎队在抗战时期所立下的赫赫战功。有关飞虎队的故事在昆明代代相传。

画一画你眼中的飞虎队。